#유쾌하고 발칙한
#가화만사성

우리 가족

KB074676

#유쾌하고 발칙한
#가화만사성
우리 가족

주의사항

이 책은 김우리네 가족, 우리네 일상을 생생하게 담은 날것의 에세이입니다. 근데, 우리 가족만의 '쿨한' 감성으로 책을 쓰다 보니 점점 제 말투가 글에 배어 나오더군요. 원래 가족끼리는 편한 말투로 말하잖아요. 암튼 제 말투를 그대로 이 책에 썼다고 하면 믿으시려나. 같이 살진 않더라도 소중한 새 가족 우리 독자님들! 지금 하고 있는 고민들, 걱정들 우리네 가족에게 물어 봐요. 물어 봐! 그동안의 경험을 탈탈 털어 여러분께 바쳐유~~

#유쾌하고 발칙한
#가화만사성

우리 가족

김우리
이혜란
지음

지식인하우스

가족은
퍼즐이 아닌
레고다

맞추는 게 아니라
함께 쌓아
올리는 것이기에

마누라 말 잘 들으면
자다가도 떡이 생긴다

그것은 바로
가화만사성

가화**만**사성
만날 싸우지만

황혼 이혼 당해
노년에 빈곤하게
살고 싶지 않으면?

서로 서로
있을 때 잘 해라

사는 게
뭐 있나요?

요로코롬 시간 날 때
가족들이랑 데이트
다니는 거죠

당신은 어디까지
가십니까?

전 가족까지 갑니다
내 삶의 목적지는
가족이니까요

유쾌하게, 조금은 발칙하게
"가화만사성이야, 이것들아!"

제 이름 석 자 김우리. 방송물 좀 먹은 아빠로 소개를 할라치면, 그저 그런 보통의 아빠입니다.

요즘 몇몇 방송을 하면서 '관종'이라는 꼬리표가 붙었지만(어휴, 관종이 뭐가 어떻다고!), 기분 나쁘지 않게 생각하려고요. 어떤 의미에서는 관종, 네 맞는 말이니까요. 연예인, 스타일리스트 아빠라고 하면 엄청 화려할 것만 같지만 사실 들여다보면 별거 없는 그냥 인간 김우리입니다.

용돈을 주네 마네 딸이랑 대판 싸우고, 이 지지배가 연락도 없이 늦게 들어온다고 혼을 내고, 밥 많이 먹는다고 놀렸다가 눈물 펑펑, 그러다가 또 한 시간 뒤에 보면 머리 맞대고 앉아 같이 떡볶이나 먹고 있는 아빠.

어디서 많이 본 것 같지 않나요?

때때로 사람들이 저를 보고 '좋은 아빠, 좋은 남편'이라고도 하지만, 알고 보면 저 역시 '서툰 아빠, 서툰 남편'에 불과하다는 얘기죠.

가끔은 SNS에서 "김우리님 알기 전엔 너무 비호감이었는데, 일찍 결혼해서 가족들과 예쁘게 사시는 모습 보고 왕팬 됐어요~"라는 댓글이 보이는데…
참내, 압니다, 알아. 가족 없는 김우리는 그렇게나 비호감이라는 거지? 흥!

그래도 가족님들 덕에 그나마 좋게 봐 주시는 분들이 늘어서 얼마나 큰 행운인지. 그대들이 아니었으면 난 평생 비호감으로 남아 혼자 잘 먹고 잘 사는, 잘난 척 오지게 하고 꼴값 떨며 나대고 호들갑 떠는 그런 밉상으로 남았을 거 아니오?

이렇게 생각하면 내가 가족들을 먹여 살리는 게 아니라 가족들이 날 먹여 살리는 것 같기도 하고. 그런 마음으로, 우리 집 중전마마와 두 공주님을 열심히 모시는 노비 김우리로서 살고 있습니다.

이 책은 많은 분들이 인스타그램 라이브 방송을 통해 궁금해 하시던 질문에 대해 우리 가족이 대화를 나누는 내용으로 구성해 봤습죠. 저도 아직 진행형인 아빠인지라 감히 정답을 제시하기엔 한없이 모자란 사람이걸랑요.

근데, 말하자면 가화만사성입니다. 가화만사성!

저 또한 그리 긴 인생을 살아 보지는 않았지만, 남편으로서 아빠로서 살아가며 한 가지 깨달은 것이 있습니다.
바로 '내가 움직이지 않으면 아무것도 안 된다'는 것.
그런데 우리는 그 한마디를 사회생활에선 열심히 적용하려 애쓰면서, 왜 정작 집에만 오면 소홀해지는 걸까요? 입 한 번 열지 않고 자기 방으로만 들어가려 하는 걸까요? 뭐가 그리 불편해서, 뭐가 그리 귀찮아서. 당신을 오롯이 사랑할 사람들이 그 집 안에 있는데.

저도 몇 년 전까지만 해도, 바깥일만 하는 '일하는 아빠'일 뿐이었습니다. 하지만 변하기로 결심하니 많은 것이 좋은 쪽으로 바뀌더군요. 그래서 이 책을 전합니다.

뭐, 가족끼리 사는 게 별거 있나요?
행복하면 장땡인 것을.
누구와? 가족과 함께!

서툰 아빠, 서툰 남편, 보통의 가족
김우리 올림

저를 포함한 가족들을 소개합니다.
우리네 가족들의 특징을 정리해 봤어요. 우리 가족은요~

김우리(아빠)
"아빠도 처음이지만, 가족 안에서 빛나고 싶어"

　　　　이 집안의 유일한 남자, 청일점! 일찍 결혼하고 꾸린 가족을 책임지기 위해 젊었을 때부터 부지런히 일했죠. 그러다 문득 집안을 들여다보니 남편과 아빠로서의 자리가 보이기 시작하더군요. '더 이상 후회하지 말고 가족과 함께하자' 라는 마음으로 오늘도 가정에 충실하려 하는 저, 아빠 김우리입니다.

이혜란(엄마)
"이 가족을 가장 잘 아는 집안의 버팀목"

　　　　김우리 하우스의 대장이자 가족의 중재자 역할을 하는 버팀목! 가족들이 자신의 의견에 귀를 기울이고, 두 딸이 엄마 생각을 존중할 때마다 잘 살아왔다는 걸 느낀다고 해요. 남편, 아빠로서의 자리를 만들고자 하는 저의 새로운 도전을 묵묵히 지지하고 함께 해주는 든든한 조력자, 사랑스러운 아내입니다.

김예린(큰딸)

"세상 속으로 이제 막 걸어 들어간 사회 초년생"

이 집안의 실질적인 대들보! 겉으로 보면 왠지 모르게 도도하고 시크해 보이지만, 마음속에는 그 누구보다 따뜻한 바람이 부는 아이예요. 그동안 이뤄왔던 '발레'라는 목표에서 벗어나 새로운 삶을 향해 도전 중인 맏딸, 예린이랍니다.

김예은(작은딸)

"자신만의 삶을 위해 성큼 나선 귀여운 도전자"

이 집안의 애교 노동자! 귀여움으로 무장한 숨은 권력자입니다. 하지만 한편으로는 상처를 굳건히 이겨 내는 정신력의 소유자이기도 해요. 자신을 믿어주는 가족들의 든든한 격려 아래, 홈스쿨링이라는 낯선 도전에 당당히 나아가고 있는 기특한 딸입니다.

이슈(강아지)

"가끔은 이 집안의 진정한 중재자"

올해 10살을 맞이한 암컷 말티즈! 저는 종종 이슈를 '이 세상에서 제일 사랑스러운 강아지'라고 말하기도 하죠. 가족끼리 다툼이 생기면 조용히 사이를 비집고 들어와 '꼭 그렇게 싸워야 해?'라고 눈치를 주는 이 집안의 또 다른 중재자이자, 김우리 하우스의 서열 2위랍니다(1위는? 당연히 아내 혜란 씨고요!).

● **일러두기** 「유쾌하고 발칙한 가화만사성 우리 가족」은 김우리 가족에게 궁금한 질문을 선정해 답변하는 형태로 집필되었습니다.

CONTENTS

PART
1

부부,

세상에서 제일

가깝고 먼 사이

 kwrhome   ...

가끔 사람들은 그런 말을 합니다.

"아유~ 혼자가 편해! 자고 싶을 때 자고, 먹고 싶을 때 먹고, 또 배우자 만나서 지지고 볶고 안 해도 되니 얼마나 편해?"

맞아요. 맞아! 어쩌면 그게 슬픔이나 괴로움을 느끼지 않고 사랑도, 책임도 적당히 겪어 가면서 안전하게 살 수 있는 현명한 방법일지도 모르죠.
하지만 그게 과연 '행복'을 맛볼 수 있는 최고의 선택일까?
혼자 살면서 다 맛볼 수 없는 희로애락을 느끼는 것, 그것이 부부와 가족살이를 하는 특혜 중에 특혜가 아닐지.

인연의 '人'이라는 글자는 작대기 두 개가 서로 기대어 의지하며 살아가는 모양이라고들 하죠. 저도 그 글자처럼 아내와 함께하며 '희로애락'의 특혜를 받은 남자로, 남편으로 살고 싶어요.

#나는_나의_일부이지만_가족은_나의_전부입니다
#나를_채우는건_내가_아닌_당신들이라는_것

                     좋아요 3,358명

• Q •

부부로서 처음 했던 약속을 기억하오?

....

"어떻게 잊겠습니까, 우리의 시작을! 그 약속, 다시 한번 되새기기 위해 리마인드 웨딩까지 했는걸요."

리마인드 웨딩을 보통 노년에 해서 그런지, 주변에서 우리 부부의 리마인드 웨딩에 관해 많이 묻더군요. 하지만 그걸 꼭 노년에만 해야 한다는 법은 없지 않나요? 추억열차는 언제 타도 재밌잖아! 처음의 약속을 되새기기 위해 또 한 번 올린 결혼식은 특별한 경험이었죠.

"별이 반짝반짝 쏟아질 것 같은 감정, 그런 게 사랑 아니야?"

누군가는 이렇게 말합니다.

"아후, 좋아! 좋아 미치겠네~" 오늘 못 보면 내일 당장 죽을 것처럼 안달도 나고, 만나면 헤어지기 싫어서 한여름에 땀이 비처럼 쏟아져도 부둥켜안은 채 발을 동동거리기도 할 거고요.

그런데 그런 감정이 과연 얼마나 갈까? 길게 잡아 2년? 6개월? 3개월? 생각해 보면 그런 감정은 영원히 지속되기 어렵죠. 서운하게 들릴지는 몰라도 결국 한때인 거잖아요.

여자가 남자를 좋아하는 것보다 남자가 여자를 더 많이 좋아하는, 남자 6대 여자 4쯤의 관계? 아마도 여자에겐 그 마음이 금방이라도 하늘에서 쏟아질 듯한, 반짝거리는 별사탕 같은 사랑은 아닐지도 몰라요.

하지만 조금은 느긋하고 편안할 테고, 한탄할 일도 많이 없을 거예요. 어쩌면 잠깐 두근거리는 마음보단 그런 안락한 애정이 더 오래 갈 사랑인지도 몰라요. 그런 나날이 하루씩 지나고 보면 어느덧 나도 그 남자를 세상에서 제일 사랑하고 있을 거고요.

이처럼 서로의 균형이 맞는 사랑. 그게 아마도 여자만이 누릴 수 있는 사랑의 특혜 아닐까요? 혜란 씨가 나를 좋아한 것보다, 내가 혜란 씨를 더 많이 사랑하는 것처럼…

#25년전_설레는마음그대로
#우리의_리마인드웨딩
#더많이사랑해줄게

"기쁠 때나 슬플 때나 건강하거나 병들거나 사랑하고 존중히 여기며 도와주고 보호하며 진실한 부부의 대의와 정조를 굳게 지킬 것을 서약합니다!"

25년 전, 우리는 이렇게 부부 서약을 하고 기쁠 때나 슬플 때나 지금까지 함께 했어요. 그때 그 마음 그대로 마흔여섯이 된 아내의 아름다운 오늘을 간직하고 싶어 리마인드 웨딩을 열었고, 우린 다시 서로의 그대와 재혼했습니다.

이혜란 씨, 여보! 우리 남은 시간도 지금처럼만 저 파도같이 넘실거리며 심장도 가슴도 찰랑거리게 살자. 당신 내일 죽어도 여한 없게, 내가 당신 오늘을 가장 멋지고 행복하게 살게 해줄게~

#그녀는
#두딸의 엄마이자
#한남자의 아내입니다
#꽃길만걷게해줄게~
#우리부부의_'꽃길'처럼화사했던리마인드웨딩

결혼, 날짜는 잡았는데
막상 두려움이 발목을 잡네요!

"에이, 두렵지 않은 사람이 어디 있어!? 있으면 나와 보라고 해!"

많은 예비부부들이 결혼 전 우울증인 '메리지 블루 marriage blue'를 겪는다죠? 우리 부부도 돌이켜 보니 겉으론 무모해 보였어도 내심 두려움이 있었던 것 같아요. 하지만 과거로 돌아가도 똑같이 했을 거야. 그때는 분명 두려웠지만, 그 하루하루가 모여 오늘이 되었으니까요.

제가 열아홉 살, 그러니까 고3 졸업 무렵부터 혜란 씨를 무지 따라다녔습니다. 나 싫다고 하는데도.

방과 후 혜란 씨가 없는 집에 꽃다발을 가득 안고 불쑥 찾아가 초인종을 눌렀죠. 그러고는 당시의 어머님, 지금의 장모님께 넙죽 인사드리고 넉살 좋게 말했어요.

"어머니, 꽃 예쁘죠? 어머님 드리려고 한 송이씩 제가 직접 골라 구색 맞춰 샀어요. 저 혜란이 많이 좋아하는 친구예요. 집에 자주 놀러 와도 되죠?"

그렇게 장모님부터 시작해 혜란 씨의 남동생, 언니와도 친해지고 곧 친구처럼 지내게 됐어요. 그 후로 1년 정도 지났을까, 제게서 10대의 앳된 모습이 사라지기 시작했죠. 아내는 점점 남자다운 모습을 갖춰 가는 저를 보며 그제야 마음이 생겼다고 하더라고요. 스물한 살, 우리는 그렇게 사랑을 시작했더랍니다.

프로포즈는 요즘처럼 결혼반지를 끼워 주며 거창하게 하진 않았습니다.

로맨틱한 프로포즈는 없었지만, 그저 자연스럽게 결혼할 생각이었지. 내 한 몸 불살라서 이 여자를 책임질 거라는 다짐으로 혜란 씨에게 고백했습니다.

"혜란아, 내가 뭐든 하다 하다 진짜 안 되면 너와 내 자식들만큼은 내 불알 두 쪽, 양팔 양다리 다 잘라 팔아서라도 지켜낼게. 남편 이름, 아버지 이름으로 너만을 위해 살아갈 테니 우리 같이 살자! 지금 당장은 아니더라도 우리 중년엔 제일 큰 집에서 당신 공주님처럼 살게 해줄게."

그렇게 서로 가진 것 없이 결혼에 골인한 우리는 하루라는 페이지를 빼곡히 채워 지금과 같은 한 권의 가족 책을 만들었어요. 어느덧 예쁜 딸 둘을 품은 중년 즈음, 여기까지 왔네요.

혜란

여자들은 헤어지자는 말도 잡아 주길 바라고 할 때가 많지.

평생 잡았어, 평생. 한 2만5,700번은 잡았어.

우리

혜란

가끔은 나를 막 안아서 빙글빙글 잡아 돌리다시피 하면서 계속 같이 살자고...

평생 잡았지. 경고등 누르듯이 톡! 하면 삐- 대신 "헤어져!"가 나왔어.

우리

혜란

한번은 화나서 나갔는데 기름은 떨어지고 갈 데도 없고.

그때 찾아서 미안하다고 안아 줬더니 막 울었잖아.

우리

혜란

거짓말, 당신이 언제 찾았어? 우리 엄마가 왔지.

아냐, 찾아갔었잖아. 기억 안 나? 그건 다른 날이고.
우리

혜란

응? 언제...?

#우리는_아직도_ing

• Q •

남들은 결혼하지 말라는데,
우리 님은 왜 결혼하래요?

"혼자 살 때보다 해야 하는 것도, 느끼는 것도 많아지더군요. 물론 귀찮을 때도 있지만!"

혼자 사는 삶도 나름의 재미는 있겠지만, 가족을 꾸리고 살면 억지로라도 해봐야 하는 게 생기잖아요. 물론 그게 귀찮고 벅차고 힘들 때도 있겠죠. 하지만 희로애락은 그런 시간 속에서 생길 겁니다. 그러니 그대여, 결혼을 두려워하지 마오!

나　(확신에 찬 어조로) 결혼은 세상 살면서 한 번은 꼭 해봐야 하는 것 같아. 다시 태어나더라도! 결혼해서 마이너스 되는 건 없는 것 같거든. 그게 뭔 재미여, 혼자 희희낙락하는 게. 가족을 꾸리고 살면 어떻게든, 억지로라도 해봐야 하는 게 생기니까 거기서 희로애락이 생기는 거야. 해서 돌아오더라도 해봐야 하는 게 결혼이지.

아내　만약에 우리가 미리 알았더라면 좋았을 게 뭐가 있었을까?

나　(조금은 미안한 눈빛으로 아내를 쳐다보며) 나는 예전에 혼자 힘들었던 당신을 잘 봐주지 못하던 때가 가끔 생각나더라. 일이 바빴다는 핑계가 있긴 했지만, 만약 그때로 돌아간다면 가족에 조금 더 집중했을 거야.

아내　그게 언제지?

나　내가 탈출구로 게임을 했던 때. 잘하지도 못하면서 그냥 뭐 하나에 미치고 싶었던 거지. 차라리 그 시간에 혼자 힘들어했을 당신을 도와줄걸 하고 후회가 남더라고.

아내　(살며시 웃으며) 그럼 지금 더 사랑받을 수 있었을 텐데.

나　그런가? 근데, 그것보단 내가 조금 덜 후회했을 것 같다는 마음이 더 커. '그때 그랬으면 더 좋았을걸.' 하는 거.

아내　그러니까 아빠들도 아이들이 어릴 때 조금이라도 육아에 참여하고 도와줘야 돼. 나도 딸들이랑 당신이 멀어지지 않도록 노력을 많이 했거든.

나 맞아, 살아 보니까 친구 많은 아빠는 좋은 게 아니더라고. 물론 친구들도 삶의 활력소가 되어 주지만, 가끔 가족을 위한 삶에서는 유해성분이 되기도 하는 것 같아. 나는 다른 것보다 가족을 위한 삶을 사는 게 맞는 거라고 봐.

아내 아이를 키우다 보면 우울증에 걸리는 엄마들도 많지. 친구들과 얘기해도 풀리지 않는 게 있어. 나도 우울증이 정말 빨리 왔거든. 아이를 낳고 혼자 집에 있었을 때, 거울만 봐도 눈물이 날 정도였어.

나 (순간 말을 잇지 못하다가) 당신이 그렇게 힘들었다는 걸 그땐 왜 몰랐지.

아내 정말로 혼자 있을 때마다 거울을 보면서 엄청 울었어. 그 시간을 견디려고, 또 나를 달래려고 책도 많이 읽었고. 내 인생의 답이 다 책에 있더라고. 사람 때문에 힘들어도 책에 답이 있고, 내 삶이 괴로워도 책에 정답이 있었지.

나 여기서 잠깐. 남편보다 책이 도움이 많이 됐던 건가?

아내 음… 굳이 말하자면? 하하. 아무튼 우울한 시간을 보내고 있는 엄마들에게 '힘들 때 사람에게 기대서 해결하려 하지 말'고 말해 주고 싶어. 우울하다, 힘들다는 생각보단 손가락 하나라도 움직이는 게 낫거든. 오늘은 서랍장을 치울 거라든지, 책을 읽을 거라든지 그런 작은 거 하나.

#혼자면_화려하지만_함께하면_별이_된다

• Q •

아니, 대체 평범한 가족이라는 게 뭘까요?

....

"평범한 가족? 나도 몰러유~ 모범 답안이 있을 리가. 그렇지만!"
가끔 사람들은 우리 가족을 가리켜 쉽게 볼 수 없는 '희귀한 가족'이
라고들 합니다. 사실 별거 없는데. 그냥 다른 가족처럼 싸우고 화해
하고 지지고 볶고 똑같아요. 평범한 게 뭐 특별한 건가? 그냥 별 탈
없이 살면 평범한 거지!

어쩌면 우리 가족은, 우리만의 별에 살고 있는 게 아닐까? 사람들이 남의 이야기에 그다지 신경 쓰지 않으려 하는 것처럼.

예은이도 남 눈치 보지 않고 대범하게 홈스쿨링을 하는 거고, 예린이도 자기가 가고 싶은 대학을 간 거고. 불현듯 돌이켜 보니 우리는 우리만의 세계에 사는 것과 같았죠. 다른 것은 신경 쓰지 않는 우리만의 세상! 귀찮게 뭐 한다고 남의 눈치를 봐?

때론 신경이 쓰일 때도 있지만, 남들의 참견은 한 귀로 듣고 한 귀로 흘리는 편이죠. 사람들은 우리 가족이 그럭저럭 잘 살고 있다는 게 특이해 보이나 봅니다. 이게 희한한가? 별거 아닌데.

좀 독특하게 보이면 어때요? 가족끼리 마음만 잘 통하면 그걸로 충분하지. 제 생각인데, 우리 가족은 어디에 갖다 놔도 자생할 수 있는, 조금은 성분이 센 가족 같아요. 대신 그만큼 잘 무너질 수도 있다는 게 걱정이에요. 우리 넷이 서로에게 가지는 유대감이 너무 강해서, 한 명만 이탈하면 나머지도 와르르 자빠져 버릴 거 아냐. 그래서 우린 더 대화를 많이 하고 서로를 이해하려고 노력하고 있습니다.

'무엇보다 한 가정의 아비는 그 가정의 평화와 가족 간의 웃음을 잃지 않게 무던한 노력으로 가족 중심의 표본이 되어야 하며, 가족 간 윤택한 삶의 질을 영위하기 위해 낮은 땀으로 살아내고, 밤은 생각으로 잠들어야 한다!' 이것이 가족의 족장인 아비의 본분이라고 전 생각해요.

오늘은 고구마를 좀 먹어야겠어.
우리

혜란
그럼 오다가 사 와.

흠 --
우리

혜란
자기가 먹고 싶은 건 자기가 사 와야지.

쳇
우리

예은
아빠, 제가 사 갈게요~ 지금 들어가는 길이라.

고마워. 솔직히 좀 짜증 났거든, 괜히 피곤해서.
우리

예은
그럴 것 같았어요. ^^

혜란
서로 배려해 주니까 좋구만. 역시 평화가 최고야.

예린
하여튼 엄마는 ㅋㅋ

#평범한_가족이_뭔지
#정답은_없어도_배려는_있어야지
#우리_가족은_오늘도_맞춰가는_중

우리 가족은 다 자기 멋대로 살아요

"그럼 좀 어때요? 배려가 중요해요. 배려!"

누구 하나라도 배려하지 않고선 가족이 굴러갈 수 없거든요. 가족이란 존재는 물을 주지 않으면 픽픽 쓰러져 버리는 여린 식물과 같아요. 아무리 멋대로 하면서 사는 것 같아도, 알고 보면 서로 어느 정도는 배려하면서 사는 거라니께!

아내　다른 엄마들은 이상하게 우리더러 용감하다고 하더라고. 별거 아닌 일에도 말이지. 있잖아, 왜! 아이들을 유학 보낸 다고 할 때, 나는 '본인이 원하면 보내야지.'라고 생각하거 든. 거꾸로 말하자면 아이들이 원하지 않으면 포기해야 한 다는 거야.

나　(아내 말에 100% 공감하며) 그르니까. 다른 사람들은 안 그런 경우가 많더라고.

아내　'어떻게 계획하고 준비하던 걸 쉽게 포기하느냐' 하는 생 각 때문에 그게 잘 안 된대. 난 그건 아니라고 봐. 그래서 사람들이 용감하다고 하나?

나　다른 사람들의 시선에서는 우리가 특이하게 보이나 봐. 특 히 '행복'하게만 보이고. 사실은 그런 게 아닌데. 우린 겉 으로 봤을 땐 하고 싶은 대로 다 하고 사는 것 같지만, 사실 은 매 순간 네 사람이 참고 배려해 주며 사는 거라니께!

아내　겉으론 우리가 참 자유롭게 사는 것 같지만, 우리만의 규칙 과 질서를 지키면서 살고 있는 거야. 아이들이 말을 배우던 시기에 당신이 바빠서 집에 없는 날이 많았잖아. 그래도 나 는 '아빠'라는 말을 먼저 가르쳤어. 아빠와의 시간은 조금 부족했지만 우린 늘 함께라는 마음으로.

나　(아내를 한참 바라보며) 혜란 씨… 불시에 확 치고 들어오네? 감동이야.

아내 예전에는 "너 어릴 때 날라리였구나? 사고 친 거 아니야?"라는 말을 듣곤 했는데, 그럴 때마다 기분도 상하고 마음이 아팠어. 그래서 그들에게 더 잘 살아가는 모습을 보여 주고 싶었지.

나 (먹먹한 감정을 느끼며) 그래, 그때 당신 마음이 그랬구나.

아내 우리 가족은 다른 사람들 눈에 엇박자로 보일지도 몰라. 그래도 남들과 다른 박자와 어긋난 리듬이 그 노래를 독특한 곡으로 만든다고 하잖아. 한마디로 지금의 독특한 김우리 가족, 김우리 하우스는 어딘가에서 갑자기 나타난 게 아니라 오랜 세월을 거쳐 생겨났다는 거야.

#가족은_화초_같은_것 #서로_노력해야_하는_거야
#시들지_않도록

• Q •

늙어서도 알콩달콩 잘 살기 위한 비결이 있나요?

"유난 떨지 않는 게 가장 중요해!"

현재에 충실해 보세요. 말로는 쉽지, 그게 참 어려운 겁니다. 그냥 호수의 물결처럼 잔잔하게 살다가, 곁에 있는 사람과 함께 천천히 늙어가고… 어느 날엔가 서로 깊어진 주름을 쓸면서 "당신은 여기 이 주름이 참 매력적이여~"라고 한 번 말해 주는 거죠.

나　(진지한 말투로) 내가 살면서 본 것 중에 제일 인상 깊었던 장면이 뭐게?

아내　나야 모르지.

나　정답은 '노을 지는 강가에서 손을 꼭 잡고 걸어가던 어느 노부부'야! 그게 내가 앞으로 당신과 이뤄 갔으면 하는, 꿈꾸는 모습인 것 같아. 고왔던 얼굴에 그 깊은 주름이 생기기까지 얼마나 많은 세월의 풍파가 있었을지… 그게 가장 존경스럽더라고.

아내　우리도 겨우 마흔 중반에 이렇게 많은 시간을 거쳐 왔는데, 그런 노부부가 되기까지는 또 얼마나 많은 일들이 생기겠어. 정말 대단한 거지.

나　그런 거 보면 젊었을 때 결혼하고 애 낳는다고 호들갑 떨면서 살 필요가 없는 거여. 어려운 일이 있다 하더라도 물 흐르듯이 자연스럽게 넘기려는 노력이 필요하듯? 특히 요샌 SNS에 유난 떨다가 발목 잡히는 경우도 진짜 많아. 가식 없이 자연스럽게 유난 떨지 않고, 그렇게 살아야 한다는 거지. 그래야 노년이 그 노부부처럼 평온할 것 같아.

아내　우리도 생각해 보면 초년이랑 지금의 마음가짐이 많이 달라지지 않았어?

나　당연히 다르지. 어릴 때의 마음으로 지금 살고 있으면 쓰나, 그럼 큰일 나는겨. 그땐 '책임지는 것'이 아비에게 주어진 최선의 마음가짐이라고 생각했었으니까. 그게 전부고, 그것만 하면 되는 줄 알았어. 책임만 있다고 가장이 되는 건 아닌데. 내게 산다는 건 아비가 되는 법, 디테일한 것을 해주는 법을 알게 되는 과정인 것 같아.

• Q •

우리 부부, 둘만의 시간을 가져 본 게
언제인지 모르겠어요!

"부부의 꿈, 늘 간직하고 사시길!"

일하고 애들 보고, 부부가 둘만을 위한 시간을 가지는 것도 힘들죠?
알쥬~ 하지만 이건 꼭 알아야 돼. 지금이라도 부부만의 시간, 부부
의 꿈을 하나씩 가져야 한다는 것! 그대 곁에 있는 사람, 나의 심장
을 미쳐 날뛰게 했던 그 사람과 함께하는 인생이니까요!

아내 사실 나는 당신을 워낙 어렸을 때 만나서 당시에 설렘은 많이 느끼지 못했던 것 같아. 단둘이 만난 적도 없고 친구들이랑 다 같이 만나서 더 그랬어. 그러다 곧바로 아이 엄마, 누구의 부인이 된 거야. 그 설렘을 갖지 못한 게 좀 아쉽더라고.

나 전에는 둘이서만 여행 가자고 했더니 당신이 "TV 예능 방송 보고 가는 거 아냐?!" 하고 빽~! 소리쳤으면서?

아내 (다 이유가 있다는 듯이) 아니, 지금 와서는 "우리도 설레는 연애 좀 해볼까?"라고 하긴 하지만 그게 쉽진 않으니까! 그래서 이제는 둘이 여행도 떠나고 여러 시도를 해보려는 기야. 우리도 아무것도 없이 시작해서 여기까지 온 거잖아. 아직은 많이 부족한 우리지만, 나는 지금 우리가 행복하다고 생각해. 비우고 채우는 시간들이 있었기에 그럴 수 있었던 거라고.

나 그건 그래. 얼마 전에 처음으로 부부 여행을 다녀왔지만, 사실 그전에는 우리 둘이서 여행을 가본 적이 없었잖아. 그래서 갑자기 가려니까 기분이 좀 이상하기도 하던데? 막상 애들이 다 크니까 점점 그런 마음이 사라지는 것도 사실이고. 근데, 그래도 갔다 오니까 재밌었지?

아내 말해 뭐 해! 성격이 맞지 않으면 여행을 가도 통하지 않는데, 우리는 스타일이 맞잖아. 레저나 익스트림 스포츠를 즐기지 않는 것도 그렇고, 그냥 해변에 앉아서 맛있는 거 먹고 수다나 떨고⋯ 그런 게 제일 마음 편해.

나   (잠시 추억에 잠기며) 캬, 진짜 재밌었어. 여행 후에 묘한 동지애도 생긴 것 같지 않아? 둘이 클럽도 갔다 오고 이것저것 하면서. 설레서 뭔가를 하는 건 누구나 할 수 있어. 하지만 이 나이가 되어서 계획을 세우고 뭔가를 실행하는 건 정말 큰마음 먹지 않으면 못 하는 거야.

아내   걸리는 게 한둘이 아니니까 그래. 그치만 이젠 애들도 다 자랐으니까 우리 인생도 즐겨 봐야지!

나   우린 부모지만, 부부의 꿈을 잊지는 말자.

나는 옛날 사진을 두려워하지 않아.
우리

혜란
그땐 그때대로 개성이 있었잖아.

아깐 그때 나랑 같이 안 다녔다며?
우리

혜란
왜냐하면 내가 팩폭을 할까 봐.

당신이 팩폭을 할까 봐, 내가 안 데리고 다녔다고?
우리

혜란
아니, 내가 당신이랑 안 다녔다고.

당신 스스로 팩폭을 할까 봐, 날 위해서?
우리

혜란
응.

그렇게 깊은 뜻이 있는 줄 이제 알았네, 참나. 잘났어, 그려.
우리

#부끄러울게_뭐있어
#그때도_난당신과_행복했으니_그만이야

#물론_자식도_중요하지만 #부부의_마음을_잊진_말자

• Q •

가끔 '혼자였으면 더 잘나갔을 텐데'라는 상상을 해요

"혼자 잘 나가봐야 뭔 소용이여~ 곁에 누군가가 함께 있으면 훨씬 더 나을걸?"

아마 결혼 안 하고 혼자 살았으면 꽤나 날렸을지도 모릅니다. 그럼에도 불구하고 저는 혼자 빛나는 삶이 부럽지 않아요. 곁에 가족이 없다면 그게 다 무슨 소용이겠습니까?

돌이켜 보면 우리 부부, 참 잘 살았던 것 같아요.(맞죠?) 우리 부부도 어렸을 때는 예린이, 예은이 데리고 다니면 사람들이 "아휴, 애들이 애들 낳아서 고생하네. 젊은 나이에 저게 무슨 고생이야?" 하면서 엄청 수군거렸는데.

그런데 말이죠, 저는 지금껏 살면서 우리 부부가 제일 잘한 일이 그 어린 나이에 고생하며 두 딸 잘 키워 낸 일이라고 생각해요. 그리고 그걸 아주 많이 자랑스럽게 생각하고요! 물론 그 모든 공은 전부 다 아내가 세운 거지만~

"젊은 부부가 어린 나이에 고생한다."고 말했던 그 사람들이 이젠 훌쩍 큰 우리 딸들을 부러워하고 있잖아요. 생애 이보다 더 값진 선물이 어디 있겠어요?

나　지금 내게 당신이 없었다면? 말하자면 이래저래 꾸며서 대답할 수도 있겠지만, '뭐 혼자서 잘 살기야 했겠지'라는 게 솔직한 답이야. 서운한 거 아니지?

아내　(장난스럽게) 왜 서운해? 나도 당신 없었으면 더 잘 살았을 거라고 생각하는데, 하하.

나　진짜? 참내. 어쨌든 나 혼자 살았으면 화려한 인생을 보냈을 거야. 스타일리스트들이 으레 그렇듯이 화려하게. 그런데 그게 과연 행복한 삶일까? 분명 행복하진 않았을 거거든.

아내 맞는 말이네. 그게 정확한 것 같아.

나 '소년 시절에 성공하면 중년에 괴로움을 겪고, 노년에 혼자가 된다'라는, 인간으로 살면서 절대 겪지 말아야 할 재앙 같은 말이 있어. 항상 생각하지만 인생에는 이 가르침이 전부 다 있는 것 같아. SNS만 봐도 혼자 사는 사람, 애인 있는 사람, 아기를 데리고 다니는 사람들은 흔히 볼 수 있거든. 그런데 중고등학생 아이랑 여행 가서 사진찍는 부모 본 적 있어?

아내 (고개를 끄덕이며) 생각해 보니 별로 없네.

나 거의 없더라고. 나이 들어서도 가족과 힘께 실 수 있는 사람들이 별로 없다는 거지. 그래서 사람들이 우리를 대견해하고, 부러워하기도 하는 거고. 뭐, 물론 때론 미움의 대상이 될 수도 있는 거고.

아내 원래 눈에 띄는 사람들이 더 조심히 사는 거야. 미움의 대상이 되기도 하니까.

나 결론은 혼자 살았어도 잘 살기야 했겠지만 행복한 삶은 아니었을 거라는 얘기. 참, 이것도 있지. 당신 없었으면 난 계속 가부장적이고 꼰대인 아저씨였을 거라는 것.

아내 나도 살아 보니까 내 성격 맞춰 줄 수 있는 건 당신밖에 없는 것 같아. 그래서 "다음 생에도 당신이랑 결혼해야겠어." 하고 말한 적 있잖아. 당신 그때 되게 좋아했지.

나　그러고 보니까 당신한테는 꿈이 뭐였냐고 물어 본 적이 없
　　네. 어릴 때 꿈이 뭐였어?

아내　(찻잔을 들고 회상하듯 미소를 지으며) 어릴 때는 모델 일을 해
　　보고 싶었어. 그래서 예린이를 가졌을 때 속상하기도 했어.
　　나는 집에서 걸레질하고 있는데 당신은 TV에 나오니까…
　　부부간의 자존심도 있었고, 잘나가는 당신에게 열등감이
　　생기기도 했거든.

나　(숙연해진 표정으로) 세상에… 나 27년 만에 당신 꿈을 처음
　　알게 된 거야? 진짜 노력한다고 하는데 아직도 한참 모자
　　라는구나, 나. 엄마 이름표를 얻고 포기할 수밖에 없었던
　　당신 꿈을 위해서 내가 진짜 꼭 모델 시켜 줄게. (위대한 여
　　자, 우리 아내에게 다짐하며) 약속할게.

아내　아니 뭐, 지금은 전혀 아쉽지 않아. 어차피 모델이 되기엔
　　키도 그만큼 안 되고, 하하!

#그니께_나부터_인간_되자
#아내의꿈_이뤄주려면

• Q •

위기의 순간에는 어떻게 해야 하죠?

....

"위기를 깨부수는 법? 사실 별거 없어. 위기는 '말'로 시작해서 '말'
로 끝나기도 하거든요!"

말 한 마디로 천 냥 빚을 갚는다는 속담이 있죠. 우리라고 왜 위기가
없었을까! 근데 '말'이라는 게 때론 위기를 깨부술 수 있는 힘이 되
어 주기도 하더라고요. 프로포즈 때의 말 한마디로 지금껏 살아올 힘
을 얻었다는 아내처럼 말이죠.

아내 열아홉 살은 어른이 되고 싶고, 또 어른인 척하는 나이인 것 같아. 생각해 보니까 지금 예은이랑 같은 나이네? 그땐 참 어렸지. 모든 게 불확실한 나이에 결혼까지 생각한 당신은 나보다도 모든 게 적극적이었던 것 같아.

나 (자랑스럽다는 듯이) 왜냐하면 나한테는 이혜란이랑 결혼해야겠다는 확신이 있었거든!

아내 난 내심 불안했어. 알고 지낸 것도 겨우 1~2년밖에 안 된 데에다가 당신은 군대도 가야했고… 모든 걸 쉽게 결정할 순 없지 않겠어?

나 이헤헤. 지금도 어려울 일인데, 그땐 어리기까지 했잖아.

아내 그래서 당신이 군대 간 사이에 나만을 위한 시간을 보내면서 생각을 해보자고 다짐했어. 그런데 생각지도 못하게 입대 한 달 전에 예린이가 생긴 거야.

나 그때 당신이 그런 생각을 했었구나.

아내 임신과 동시에 불안함이 커지다 못해 해서는 안 될 생각까지 이어지기도 했어. 그런데, 그런 생각을 하고 한 시간 만에 차 사고가 난 거야. 이상하게 어디 하나 다치지도 않았지. '혹시 내 생각 때문에 벌을 받은 건 아닐까' 하고 온갖 게 머릿속에 떠오르더라고.

나 그럴 때 있어, 괜히 '이것 때문에 일어난 일 아냐?' 하는 순간.

아내 그날 이런저런 생각을 했어. 만약 아이를 지운다면 내가 앞
으로 겪게 될 일, 지게 될 죄에 대해서. 결국 '지금 이 상황
에서 최선을 다해 보자'라고 결론을 냈어. 사실 그럴 수 있
었던 게, 내심 남자 김우리를 믿었기 때문인 것 같아.

나 (부끄럽지만 티는 내지 않으며) 내 덕인가, 나를 믿어준 당신
덕이지.

아내 아냐. 당신이 프러포즈할 때 내가 "난 돈 없으면 못살아."
라고 단도직입적으로 말했는데, 그때 당신이 뭐라고 답했
는지 기억나?

나 당연히 알지. 어떻게 잊겠어?

아내 "너와 내 자식들만큼은 내 불알 두 쪽, 양팔 양다리 다 잘라
팔아서라도 굶기지 않을 거야."라는 말. 그 말이 이상하게
믿음직스럽더라고. 그 말 한마디가 마음속에 깊이 들어온
거야.

나 그 첫 번째 기억이 지금까지 살아온 힘이 된 거네?

아내 그렇지. 살면서 힘든 날도 많고, 또 괜히 서운해져서 싸우
는 날이 생기기도 해. 하지만 그때의 믿음은 그대로 이어지
고 있어. 남자 김우리, 남편 김우리는 그런 '믿음'을 준 남
자인 거야.

나 세상에 위기 없는 부부가 어디 있겠어~ 그러니까 항상 좋
았던 처음을 잊지 않게 노력하는 수밖에 없지. 왜 있잖아.

"여보! 날씨 좋은데 나올래?" 하면서 당신이랑 애들 불러 좋은 것도 먹고, 20년 전 같이 했던 인형 뽑기도 해봤던 날처럼.

아내 아, 20년 전처럼 인형 뽑기 기계에 돈만 날린 날?

나 (민망함에 툴툴거리며) 참내. 한결같은 거라고 해주시겠어요? 뭐 뽑기는 그날도 나가리였지만~ 특별한 무언가를 함께할 사람이 언제나 곁에 있다는 게 소소한 행복으로 느껴진 하루였거든.

#먼저_믿음을_가져야해
#그_다음은_당연히_행동이지

• Q •

어딜 뜯어고쳐야 좋은 남편이 되는지, 오늘도 아내에게 한 소리 들었네유

"저도 예전에 참 많이 고민했습디다. 그냥 '처음부터 좋은 남편은 없다'는 점만 명심하세요!"

사람들은 제게 좋은 남편이라고 하지만, 저라고 뭐 폭포 밑에서 도 닦다가 갑자기 큰 깨달음을 얻고 그랬을 리가 없죠. 내가 무림의 고 수도 아니고! 그냥 그때그때 필요할 때, 가족에게 집중해야 할 때는 집중했을 뿐이랍니다.

아내 가끔 사람들이 말하잖아, 당신은 세상에 둘도 없을 좋은 남
편이라고. 그런데 내 생각에 당신은 처음부터 완벽한 사람
이 아니라 그저 끝없이 노력하는 사람이었어.

나 가족들이 내 노력을 알아주니까 그만큼 더 열심히 하는 거
야~ 이런저런 깨달음을 얻어가면서.

아내 그 깨달음이라는 것도 그냥 불시에 찾아오는 게 아니잖아.

나 그렇긴 하지. 예전에 어떤 회장님이 해주신 이야기가 있어.
"밖에 나가서 베이비시터 쓰면 그만큼 돈이 나가는데 아내
는 그걸 전부 당연하게 하고 있지 않냐. 월급 받고 일하는
걸 아내는 그냥 해주는 거지. 그러니까 집에 가서 아내한테
보답해. 선물이든 돈이든." (그때를 회상하는 듯) 그 말을 듣
고 머리를 한 대 쾅 얻어맞은 기분이었다니까? 참…

아내 기억난다. 예린이 대학 합격한 후에 그거 말하는 거지?

나 그려, 당신한테 현금 천만 원을 뽑아서 착! 선물해 줬던 날.
그걸 보자마자 당신 어땠는지 알아? 아주 괴성을 지르면서
방방 뛰는데, 그 어떤 선물을 줬을 때보다도 기뻐하는 모습
이더라. 거참, 김우리의 천만 원이 그렇게 좋더냐?

아내 (조금 멋쩍어 하며) 그럼 좋지, 그게 안 좋은 사람이 어디
있어?

나 솔직하구먼. 어쨌든, 예전에는 나도 밥 갖고 투정하곤 했었
잖아. 그런데 회장님 가라사대 "밥투정하지 말라" 하시는

거야, 그게 제일 못난 거라고. 나는 못난 줄도 모르고 밥투정이나 하는 남편이었던 거지.

아내 그래도 '못났다'는 걸 알고 인정하는 게 어디야? 변하려고 노력하니까 된 건데.

나 그래서 요샌 투정 부리지도 않아. 배려하는 마음, 감사하는 마음이 없으면 싸움이 나는 거 아니겠어? 나 먼저 잘 해야 되는겨.

아내 (웃음 섞인 목소리로) 그 회장님한테 절이라도 해야겠다.

나 어렸을 때부터 동네 환경이나 부모님의 생각에 영향을 받온 것도 있었고. 그냥 다 지연스러웠던 것 같아.

아내 어릴 때부터 그러는 게 흔하진 않은데.

나 그래서 그런가, 사람들은 어린 나이에 '결혼해야 한다'고 생각하는 것부터 특이하게 보더라? 항상 부모님이 "나이 들어 고생하는 것보다 빨리 결혼하고 애 낳는 게 낫다"고 하셨거든. 은연 중에 가진 내 보호 본능, 부성 본능도 컸고.

아내 가끔 아이들한테 "아빠가 바뀌려고 노력하지 않았으면 안 됐을 거야."라고 말하곤 하는데, 그게 정말 중요해. 주변 영향, 자기가 변하려는 노력, 서로 배려하는 것!

• Q •

우선순위는 늘 아이들!
아내랑 단둘이 있으면 서먹할 때가 있어요

"짝짝짝! 시작이 반이라는데, 그걸 깨달았다는 것만으로도 반은 온 거죠."

우리 부부는 비교적 어린 나이에 아이를 낳은 후로, 변변한 신혼여행 한 번 떠날 여유 없이 바쁘게 살아왔어요. 그렇게 어느새 마흔이 넘은 중년이 되었습니다. 이제는 두 딸도 문짝만큼 훌쩍 컸겠다, 뒤늦게나마 우리 부부의 시간을 천천히 가꿔 가려 합니다.

아내 당신은 자기가 몇 점짜리 남편인 것 같아?

나 그걸 내가 어떻게 대답해, 민망하게! 이 질문에 쉽게 답할 수 있는 사람이 있긴 한가? 근데 뭐, (은근슬쩍 뿌듯한 표정을 지으며) 그냥 남들은 내가 '이 세상에 별로 없을' 남편이라고들 하더라.

아내 이야, 은근히 돌려 대답하는데? 하하. 맞아, 흔하지 않은 남편이지.

나 생각해 보면 난 '내가 하고 싶은 것'을 꽤 참으면서 살아. 가족과 가정을 같이 이끌고 가면서 내 의지보다는 가족의 의지를 생각해야 하니까 그렇게 되더라고. 가끔은 가족이 군대 조직 같기도 하고.

아내 갑자기 웬 군대?

나 그런 거 있잖아. 현명한 장군이 제 몸만 생각하지 않듯이, 가정도 이끄는 사람이 독단적이지 않아야 한다는 공통점. 가끔 사람들이 나한테 "김우리 씨가 계속 지금처럼만 살면, 보고 배워서 가족에게 충실해지는 사람들이 많아질 것 같아요."라고 말해 줄 때가 있어. 그럴 때 되게 뿌듯해. '좋은 아빠'의 선두에 선 느낌?

아내 (칭찬하듯 박수를 치며) 훌륭한 남편이시네요, 짝짝짝.

나 그런데 사실 아이들을 키우는 동안은 우리 부부만의 시간을 보낸 적이 거의 없었던 것 같아. 올해 제주도 외가댁에

딸 보따리들만 여행 보내면서 결혼 이후 처음으로 우리 둘만 있게 된 거였잖아.

아내 아, 그때… 어언 25년 만에 처음 생긴 둘만의 시간이었지.

나 그전에는 우리끼리만 있으면 둘이서 할 수 있는 게 많을 줄 알았거든. 근데 네 가족이 하나처럼 움직이는 데에 익숙해져서 막상 할 수 있는 게 그다지 많지 않더라. 그저 평소처럼 백화점 가서 밥 먹고 아이스크림 먹고, 가구랑 그릇 보고… 결국 눈에 걸린 건 철 맞은 두 딸아이들의 옷가지와 생필품.

아내 (조금 쓸쓸한 어조로) 이젠 애들이 없으면 허전해. 이십 년을 넘게 한 몸처럼 붙어살았으니까.

나 이번에 다녀온 부부 여행을 빼면 그전에는 단둘이 짧은 당일치기 여행도 한 번 가본 적 없고. 25년은 우리가 부모로서 잘 살아온 시간이기도 했지만, 또 한편으론 참 야속하다 싶기도 했어.

아내 음, 확실히 부부로서는 조금 아쉬웠지.

나 그래도 딸자식 둘 다 아무 탈 없이 잘 키웠으니 우리 참 대견하다. 올해부턴 자식들 두고 둘이 여행도 많이 다녀오고 자매끼리 여행도 자주 보내 보자. 그렇게 살자, 호수의 잔잔한 노을처럼…

아내 그런 의미에서 여보, 우리 오늘 맥주에 얼음 동동 띄워 짠~ 하고 수다나 떨다 잘까?

여보, 나 잠도 못 자고 새벽 6시부터
내리 방송 두 개나 하고 와서 고단해.

우리

 그럼 피로도 풀 겸 운동하러 가자!

헤란

나 아침도 안 먹고 방송 두 개나 하고 와서 배고파.

우리

 그러니까 운동하고 밥 먹자.

헤란

이따가 밤 방송도 있는데...

우리

 그럼 운동하고 밥 먹고 가면 되겠네, 뭘~

헤란

아...

우리

#우리_미눌님에게는_뭔_말이_씨알도_안맥혀

#그래도_마누라_말_잘들으면_자다가도_떡이_생겨요

• Q •

말 그대로 '입만 열면 싸우는' 우리 부부,
어떡하죠?

"멋지다, 예쁘다! 칭찬을 많이 해주세요. 남사스러워도 꼭 참고!"
우리 부부는 서로에게 표현을 아끼지 않습니다. 40대 중반이 된 지
금도 서로에게 "예뻐", "멋지다"라는 칭찬을 가감 없이 해주죠. 그게
부부, 그리고 가족이 소통하며 살아가는 비결이 아닐까요? 한마디로
이런 거지. '칭찬은 20년 묵은 부부도 춤추게 한다!'

나　　난 당신이 멋지다는 말을 해줄 때가 제일 기분 좋더라. "아직도 멋있어, 최고야." 이런 말 있잖아.

아내　나도 "예쁘다" 해주는 소리가 좋아. 여자는 나이가 들어서도 여자니까.

나　　그런 칭찬 한마디가 자존감을 높여 주는 것 같아. 살아 보니 내 자존감은 내가 아니라, 내 주변에서 높여 주는 거더라고. 나 머리 잘 안 됐을 때도 당신이 머리 잘 됐다고 해주고, "나 아직 사랑해?"라고 물었을 때 "사랑하지, 그러니까 같이 살지~"라고 답해 주는 그런 말들. 그런 가벼운 말 속에 진심이 내포된 얘길 해줬을 때가 좋아.

아내　그럼 당신은 나한테 못 해준 말 같은 게 있어?

나　　아니! 난 해주고 싶은 말은 바로 다 해버리니까. 표현을 많이 하잖아.

아내　(빠르게 수긍하며) 그건 그렇지. 오히려 나보다 더 잘하는 것 같아.

나　　대신 하지 말아야 하는 말을 안 한 건 많아. 하지 말아야 할 말을 뱉는 건 '우리 당장 싸우자', 그거거든. 5분만 참으면 되는데 그걸 못 참아서 말해 버리고 상처 주는 일이 세상에 얼마나 많아? 그래서 난 요즘 농담이라도 하면 안 되는 말의 기준을 세웠어. 어릴 땐 그럴 수 있지만, 나이 들어서는 꼭 구분해야지. 그건 철없는 거야.

• Q •

'아오, 얄미워!'

가끔 보면 내가 좋아하던 사람이 맞나 싶어요

.

"그럴 수도 있어요, 어떻게 맨날 좋기만 해. 어쩔 땐 가족이 제일 힘
들어요."

가족은 매일 얼굴 보고 살아야 하고, 틀어지면 안 되잖아요. 그래서 매
일 대화도 해야 하는 거고요. 저도 사람인지라 아내를 매 순간 100%
이해할 수 있는 건 아니지만, 그냥 서로 인정하는 것뿐입니다. 그리고
말하는 거죠. "아, 우리 오늘 하루도 참 잘 살았다!"

아내 (장난스러운 어투로) 나는 당신이 어려운 순간은 한 번도 없었어, 하하.

나 우린 그런 게 없지. 당신은 어떤지 모르겠지만 난 가끔 서운하고 화나는 게 있어도 꼬집어 말하지 않게 되더라고.

아내 다들 어느 정도는 참고 사는 거 아니겠어?

나 그렇지. 사람이 살면서 꼭 다 끄집어내서 후벼 파야 하는 건 아니거든! 당장 서운한 게 있어도 시간이 좀 지나면 자기 잘못이 보이는 법이니까. 당장 답을 내놓으라고 따지다간 사소한 게 큰 싸움이 되는 거고.

아내 (옛날을 잠시 회상하며) 우리도 어렸을 땐 그런 싸움을 많이 했던 것 같아. 그러다 보니까 점점 말을 참아야 하는 타이밍을 알게 됐고.

나 말을 참는 것도 노력의 하나야. 타이밍을 알면서도 안 참는 사람들이 많잖아. 그것도 자존심 때문에 자꾸 건드리는 거거든.

아내 하루하루가 인생의 숙제 같아. '아, 오늘 하루도 잘 살았다, 숙제 다 끝났다.' 하는 거. '미안해, 고마워'라는 말을 알맞게 하는 것도 타이밍이 필요해.

나 오히려 친구들이랑은 싸워도 바로바로 안 풀어도 된다? 기간이 있으니까. 그런데 부부는 싸움이 나면 사과를 미뤄선 안 돼. 미루면 미루는 날만큼 사이도 점점 멀어지거든. 싸

#가끔은_부부만의_시간이_필요해

우면 그날 바로 해소해야지.

아내 우린 싸움은 잦았을지 몰라도 오래 가진 않았어. 오히려 빨리 싸우고 빨리 풀고, 그래서 더 오랫동안 잘 살게 된 것 같아.

나 이것도 다 노력의 일환이지. 솔직히 난 진짜 '노력하는 남편'이야. 노력하지 않으면 타고난 게 무슨 의미가 있어? 살다 보면 몇 번 실수할 수는 있지, 사람인데! 그저 노력하면 되는 거야. 그 실수를 반복하지 않도록.

아내 (잠시 고민하다가) 음… 그럼 나는 '기다려 주는 아내'네. 아이들에게도 그렇고, 당신에게도 그렇고 노력하는 시간을 기다려 줘야 비로소 열매를 맺는 거니까.

사람들이 이 말 진짜 좋아하더라.

우리

혜란

어떤 말?

김우리는 이혜란이 만든다.

우리

혜란

ㅋㅋㅋㅋ

당신 덕도 있지만, 나도 참 당신 말 잘 들어~
착한 아이야, 기냥.

우리

혜란

사실 별거 없는데. 1년에 한두 번 운세를 보러 가면
당신 얘기도 해주거든.

누구한테 돈 빌려 줄 일이 생긴다, 이런 거.

그것도 다 미신이긴 한데 재밌으니까, 뭐.

우리

혜란

내 생각과 당신 생각, 여기에 운세까지 합쳐서
더 나은 방향으로 생각해 버릇한 게 도움이 된 것 같애.

당신은 우리가 뭐 굶어 죽을 문제 아니면 나를 당장 터치하지는 않잖아.

우리

 그치. 당신의 욕심대로 갔다가 망한 적이 많을 뿐! 하하.

혜란

그래서 내가 점점 당신 말을 따라가게 된 것 같아.

우리

말 그대로 나라님은 국민이 만들고 김우리는 이혜란이 만드는 거야.

#나는_아내_없었으면_망했을_겁니다
#나를_먹여_살리는_여사님께_충성

김무리의
야매 고민 상담소

너무 무뚝뚝한 저희 신랑, 저도 저지만 아이들도 서운해 하는 게 눈에 보입니다. 미안하다, 고맙다는 말 한마디도 제대로 못하네요. 어떻게 하면 다정하고 가정적인 남편으로 만들 수 있을까요?

나 　본인 스스로 깨닫는 게 있어야 돼요. 옆에서 아무리 다다다 쏟아 부어도 자기가 깨닫지 않으면 절대 안 돼. 그건 어려우면서도 한편으론 어렵지 않은 일이에요. 서로 소통하고 인정만 해주면 되는데, 그것도 부단한 노력이 필요한 거거든. 저도 변하려고 참 많이 노력했어요. 그래서 이제는 입밖에 잘 나오지 않았던 '미안해'라는 말도 아이들에게 곧잘 하고, 예쁜 것을 보면 가족을 가장 먼저 떠올리는 거예요.

아내 　상대방을 자신의 틀에 맞추려 하지 않는 게 중요해요. 반대로 나 자신도 상대방의 틀에 고정될 필요는 없는 거고요. 서로에게 믿음과 존중을 심어주도록 노력하는 거죠. 아내로서는 남편이 언제나 아빠의 자리, 남편의 자리를 잃지 않게 가장 큰 자리를 내주어야 하지 않을까요? 그러기 위해선 우선 나를 지켜야 하고, 내게 주어진 자리에서 최선의 선택을 하도록 집중해야 하는 거고요.

#속상한게_있으면_털어놓고_풉시다 #그런게_가족_아니겠수?

연애하던 시절부터 인기 폭발이었던 남편. 지금은 결혼도 했고 가정에 충실하지만, 그래도 밖에 나가서 바람을 피우진 않을까 두려워요. 그래서 자꾸 괜히 예민하게 굴고 화를 내게 되네요. 어떻게 해야 할까요?

나 아직 뭐 확실한 것도 없는데 그렇게 불안해하면서 어떻게 같이 살겠슈? 서로 못 믿으면서 살면 스트레스만 받잖아요. 나이 들면 서로 신세한탄만 하면서 살 텐데. 서로를 믿어 주려는 노력을 해보시면 어떨까요?

아내 제게도 "남편이 예쁜 연예인들이랑 친해서 불안하지 않아?" 하고 묻는 사람들이 있어요! 근데 난 이렇게 생각해요. '그 연예인들이 더 멋진 사람 좋아하지, 내 남편을 왜 좋아해?' 제가 어리고 예쁜 여자여도 아저씨는 싫을 것 같거든요, 하하. 애초에 그런 불안을 가지지 마세요. 눈에 띄는 사람들은 오히려 조심하면서 살아요. 티 안 나는 사람들이 더 나쁘게 살기도 하구요.

결혼한 지 10년… 항상 처음처럼 설레고 행복할 줄 알았던 사람과도 함께한 세월이 이만큼이나 쌓이니까 서로 너무! 편해진 것 같아요. 남매라고 해도 믿을 우리 부부, 어쩌죠?

나 약간의 긴장감도 필요해요. 물론 처음 모습을 그대로 유지할 수는 없죠, 당연히. 하지만 결혼해도 여자건 남자건, 자신을 어느 정도는 관리해야 하는 것 같아요. 서로 사랑해서 결혼했는데, 결혼했다고 해서 그런 감정을 완전히 없애면 안 되는 거잖아. 서로 손잡고 싶은 멋있는 연인이자 배우자가 되어야지. 최소한 각자 조금씩 노력하자는 거예요.

아내 또 이럴 때 꼭 필요한 건 운동인 것 같아요. 이게 특히 정신 건강에 좋거든요. 남자든 여자든 살면서 정신적으로 힘든 게 많은데, 운동을 통해서 많이 나아져요. 정말요.

저희 남편은 고민이 생겨도 도통 말을 안 해요. 고민을 함께 나누고
싶은데 제가 힘이 되어주지 못해서 숨기는 걸까요? 힘든 일이 생겨도
내색하지 않는 남편의 심리가 궁금해요.

아내 우리 남편도 어릴 때부터 '힘들다'는 얘기는 전혀 안 했어
요. 어린 나이에 가족이 생기고, 책임감에 힘들었을 수도
있는데 한 번도 그런 내색은 하지 않았죠.

나 난 이거 알 것 같아. '가족들은 나처럼 살지 않았으면…' 하
는 거 아닐까요? 굳이 나의 무게를 나눌 필요는 없잖아요.
힘들면 나누라는데 나는 그러고 싶진 않더라고. 힘든 일을
내색하지 않는 남편들은 아마 그냥 늘 가족을 위해 산다는
마음일 거예요. 제가 '가족한테만큼은 상위 1% 못지않게
해줄 거다' 라고 생각하듯이!

부모?

서툰 게 당연하지,

모든 게 처음이니까

kwrhome   ...

어른 명찰을 가슴에 달고 살면서 느낀 건, '적당히' 라는 단어로 많은 일을 해결할 수 있다는 거였습니다.

하지만 이 세상 부모 자식의 일은 '적당히' 라는 글자로 넘길 수가 없더군요. 부모에게 자식이란 적당히 넘길 수 있는 존재가 아니니까. 예수님이 등 뒤에 십자가를 짊어졌던 것처럼, 부모도 기쁠 때나 슬플 때나 평생 짊어지고 가야 하는 것이 자식 아닌가 싶습니다.

자식은 부모를 이해하고 부모는 자식을 인정해야 합니다.
그래야만 낳아 준 감사로 잘 살아내고, 길러낸 정으로 잘 버텨내는 거니까요.
그것이 바로 부모 자식이죠.

#자식은_부모를_이해하는_관계로도_절친이_될_수_있지만
#부모는_자식을_인정하는_관계일_때_비로소_절친이_된다

                    좋아요 5,870명

아이의 첫 실패가
상처로 남지 않도록 하고 싶어요

"아이들은 실패하지 않아요. 그냥 경험을 한 것뿐이지. 진정한 실패는 부모가 아이의 손을 놓아버릴 때 생기는 거 아닐까요?"

저희 둘째 딸 예은이는 현재 '홈스쿨링'을 하고 있습니다. 남들과는 다른 길, 우리 부부라고 어찌 고민이 없었을까! 하지만 아이가 힘들어할 때마다 다짐했죠. 우리라도 더욱 단단해지자고, 그래서 이 아이의 손을 놓아 버리지 말자고. 진짜 '실패'는 결국 부모가 만드는 겁니다.

발레 전공으로 이대를 졸업한 큰딸 예린이. 둘째 예은이는 그런 언니의 발레 하는 모습을 보며 자랐고, 언니보다 늦은 나이에 발레를 시작했죠. 예은이는 빨리 시작한 아이들보다 더 노력했어요. 시작이 늦은 만큼 더 많은 노력이 필요했거든. 그럼에도 불구하고 스타트가 늦어서인지, 본인이 원하는 예고에 진학하지 못했습니다. 그것이 열여섯이었던 우리 막내 예은이의 첫 번째 크나큰 실패이자 좌절이었어요.

아파하는 자식을 바라보는 부모의 심정이야 오죽했겠습니까. 하지만 우리 부부는 그런 아이를 위해 더 냉정해져야 했고, 판단력을 흐리지 말자고 다짐했죠. 그 여린 아이가 세상을 다 잃은 것처럼 흘렸던 자책의 눈물은 우리 부부를 더 단단하고 굳건하게, 그리고 세상을 좀 더 넓게 볼 수 있도록 만들어 주었어요.

예은이에게는 언니를 부러워하면서 시작한 발레 말고, 자신이 진정 하고 싶은 것이 무엇인지를 찾는 시간이 필요하다고 생각했어요. 그래서 학교 수업보단 자기와의 수업을 할 수 있도록 홈스쿨링을 결정하게 된 거죠.

그 결정까지 어떻게 고민 하나 없었겠어요? '왜 우리 아이만 실패하는 걸까?'라는 의문이 단 한 번도 들지 않았을 리도 없고요. 하지만 우리 부부는 그런 고민과 괜한 걱정들을 털어냈습니다. 엄마 아빠가 먼저 망설이지 않아야, 자식들도 우리를 보고 따라올 수 있을 거라 생각했으니까요.

#가시나들_누굴_닮아서_이렇게_예쁘대?
#때론_얄밉다가도_한없이_사랑스러운_내천사들

• Q •
얼굴은 붕어빵인데,
하는 건 다 딴판인 가족입니다

"어휴, 쟨 왜 저래? 이해도 안 가고, 툭하면 싸우죠? 그래도 달라서 좋은 점도 분명 있어요."

우리 가족도 한 배에서 나온 두 딸내미가 엄청나게 다르고, 부부도 다른 점이 많아요. 다르기 때문에 아주 죽을 둥 살 둥 싸우기도 하지만, 또 그래서 재밌기도 하잖아. 사람이 사는데 전부 똑같은 사람들끼리만 살면 재미없는 거쥬.

나   예린이랑 예은이만 해도 성격은 완전히 다르지. 예린이는 약간 얼음공주 같은 느낌이야. 세상의 틀에 크게 얽매이지 않으려는 스타일? 굉장히 감성이 풍부한데 그걸 절제할 줄 알지. 반대로 예은이는 눈물이 많은 여린 성격이고.

아내   예린이는 어릴 때부터 모범생 같은 아이였어. 욕심도 많지 않고 차분했지. 예린이가 항상 예쁜 아이라면, 예은이는 막내의 기질이 다분한 엉뚱 소녀 같아.

나   (아련한 목소리로) 예은이는 나한테 눈물 그 자체야. 좋아서 눈물 나고, 예뻐서 눈물 나고, 안타까워서 눈물 나고, 미안해서 눈물 나고, 대견해서 눈물 나는…

아내   발랄한 아이라서 그런지 오히려 힘든 점이 많았던 것 같아. 또, 욕심이 많은 만큼 부러지기도 쉬운 타입이기도 했어.

나   진짜 쟤도 참 많이 변했어. 지금도 변해 가고 있고.

아내   같은 배에서 나온 애들도 이렇게 다른데, 20년 가까이 남으로 살아온 우리는 어떻겠어. 그보다 더 긴 세월을 함께 살았으니 안 그러려나? 너희는 엄마 아빠가 닮은 것 같아, 어때?

예린   (잠깐 생각을 정리하는 듯하다가) 음… 엄마는 심적으로 힘든 일이 있을 때 부드러운 말투로 풀어나갈 수 있게 도와주잖아. 그런데 아빠는 사회생활을 오래 해서 그런지, 사회를 가르쳐 주려고 하는 모습이 많다는 거? 그런 게 좀 다른 것 같아.

아내   어, 맞아. 생각해 보니까 그게 다르네.

예린 근데 나는 또 달라서 좋기도 해. 엄마 아빠가 그런 균형을 맞춰서 알려 줄 때마다 많은 면에서 도움이 되는 것 같아서. 또 '아이들과 같이 배워 간다'고 생각하는 거, 친구들이랑 얘기해 보면 부모님이 그런 생각을 할 수 있는 거 자체가 대단한 거더라구. '아빠도 처음이니까'라고 생각할 수 있는 것 자체가.

나 아빠라고 뭐 처음부터 완벽하겠어. 배워 가는 거지.

예린 물론! 그렇다고 서운한 게 없는 건 아니에요. 요즘에 느끼는 건데, 사회생활을 하다 보면 힘든 일이 있을 수밖에 없잖이요? 그런데 힘든 일을 얘기하면 아빠는 공감보단 어떤 구체적인 대답을 내놓으려고 하시죠.

나 (당황을 감추지 못하고) 너 왜 그런 말 하면서 갑자기 또 존댓말 하냐…

예린 나는 그냥 "그랬구나. 예린이가 참 힘들었겠다." 이런 걸 원하는데, 아빠는 "야, 네가 거기서 화내면 되는 것도 없어."라고 한다든가. 사실 이게 남자친구를 사귀는 여자들의 고민이랑 똑같지 않나? 엄마랑은 공감적 말하기가 되는데.

나 참내, 그래서 네가 "아빠는 그냥 칭찬만 해주시면 돼요! 그냥 제가 잘하는 점을 칭찬해 주세요."라고 하는 말에 금방 오케이 했었잖아. 아빠도 노력하는 중이란 말이야.

예린 하하, 아빠 또 삐진다. 알았어요, 알았어. 나도 그때 아빠가 의외로 내 말을 쉽게 받아들여 주는 걸 보고 또 한 명의 내 편이 생긴 것 같아서 기뻤으니까, 뭐.

아내 그런데 그건 오히려 아빠라서 더 그러는 거 아닐까? 엄마 입장에서 봤을 때는 아빠도 '자식이 나가서 실수하지 않을까' 하는 걱정 때문에 그렇게 말하게 되는 것 같아.

예린 그런 것 같기도 하고. 아빠니까 더 그렇게 말씀하시는 건가?

아내 물론 옆에서 보면 좀 심할 때도 있긴 해, 하하.

은린 저는요, 언니 덕분에 편하게 사는 것 같아요. 내가 막내라서 오히려 제일 편하지 않을까 싶더라고요. 언니는 첫째 딸로서 모험을 한 거고, 난 그런 언니의 시행착오를 보면서 미리 배울 수 있는 거니까.

아내 (언제 이렇게 컸나, 기특해 하며) 진짜? 그렇게 생각해?

예은 그럼요, 헤헤. 가족들은 저랑 가장 친한 친구들이에요. 나는 학교도 안 가서 친구들을 사귈 시간이 없었는데, 제일 친한 친구가 부모님하고 언니라서 행복해요. 친구, 멘토, 선배… 다 되는 사람들이잖아요.

아내 가족은 그래. 색깔은 다 다르지만, 그렇기 때문에 서로 뭐든 되어줄 수 있지. 가족은 그런 존재야.

#당신은_어디까지_가십니까? #저는_가족까지_갑니다
#내_삶의_목적지는_가족이니까요

· Q ·

엄마야, 내가 엄마래!
아직도 제가 부모라는 게 어색해요

"그럴 수 있죠! 부모라는 이름표는 결국 아이가 달아주는 거니까요."
제가 진정 '내가 이 아이들의 부모구나'라고 느낀 순간은, 아이들과
똑같은 성장통을 겪고 극복해 나가는 모든 순간이었습니다. 어쩌면
부모도 아이들과 함께 어른이 되어가는 게 아닐까요? 그리고 그 끝
에 부모라는 이름표를 비로소 가슴에 달게 되는 건지도 모릅니다.

홈스쿨링을 시작하고 1년 후, 예은이는 1차 검정고시에 낙방했습니다. 저는 결과에 실망한 나머지 예은이에게 소리치고 말았죠.

"야! 김예은! 너 열여덟 살이나 됐는데 커서 뭐 될래? 응? 그 검정고시 하나 못 봐 떨어지고! 만날 집에서 피둥피둥."

돌이켜 보면 홈스쿨링을 하는 예은이를 볼 때마다 핀잔을 입에 달고 살았던 것 같아요. 그러던 어느 날, 그런 제 모습을 보다 못한 아내가 소리를 지르면서 이렇게 말하더군요.

"당신! 열여덟 살이면 아직 고등학교 2학년이나 마찬가지인 건데, 고2 때 대학 가는 게 더 이상한 거 아니야? 게다가 지금까지 발레 때문에 공부에 신경도 못 썼던 애잖아. 검정고시야 내년에 패스하면 되지! 지금 애한테는 그깟 검정고시? 하나도 안 중요해!"

아내는 순간 멈칫했지만 말을 멈추지 않았습니다.

"당신, 예은이 하루에 얼마나 봐? 아침에 출근 전 잠깐, 퇴근하고 '다녀왔다~' 눈인사하고 잠깐? 길게 봐야 고작 서너 시간이야. 난 저러는 예은이를 하루 24시간 매일 보고 있어야 해! 저 아이만 생각하면 꽁꽁 언 벌판에 발가벗겨 내놓은 것 같아 안쓰러워 죽을 지경이야. 그리고 겨우 열여덟 살밖에 안 된 애가 꼭 '미래에 뭘 해야겠다'는 확고한 계획이 있어야 해? 그걸 알아 가려고 커가는 중인 건데…"

아내는 화를 가라앉히지 못한 채 마지막으로 몇 마디 덧붙였습니다.

"명색이 아빠 이름표 달았으면 더 보듬고 다 헤아려 줘야 하잖아. 가족한테 인정 못 받는 아이는 밖에 나가서도 인정 못 받아!"

그날 밤, 야구 방망이로 머리를 세게 맞은 것처럼 정신이 멍해졌어요. 아빠라는 이름이 너무 창피할 정도로 마음이 아파 정신이 바짝 들더라고. 아이를 먼저 생각하는 아빠가 아닌, 세상의 매서운 잣대를 먼저 들이댔던. 그저 그런 속물 같은 아빠인… 내가 한심했어요.

자식이 성장통을 겪는 만큼 부모도 함께 어른이 되어 갑니다. 우린 아이들을 키우는 게 아니라, 아이들과 같이 성장하며 어른이 되어 가는 중이라는 걸 깨달았어요. 그날 우리 예린이와 예은이가 다시 한 번 부모라는 이름표를 우리 부부 가슴에 달아 주었습니다!

예은이가 또 커 버렸어. 어른이 됐어, 어른 얼굴이 나왔어.
우리

혜란
뭘 그렇게 속상해 해.

아빠 예은이가 이대로 멈췄으면 좋겠는데. 아기 얼굴로...
우리

예은
에이, 뭐예요~

혜란
나는 얘가 크면 어떤 얼굴일지 항상 궁금하더라고.
워낙 변화무쌍해서.

아니, 나는 그냥 아기 때 모습이 남아 있었으면 좋겠어.
우리

예은
싫어요, 전 사람들이 요즘 예뻐졌다고 하는 게 좋아요.

예뻐질 나이지. 더 예뻐질 거야.
우리

예은
아기 티 없어지니까 너무 좋아요!

혜란
네 나이 땐 다 그래.

그럼, 우리도 그랬지. 우리도 어른인 줄 알고 그랬지.

우리

혜란

나도 어릴 때는 젖살이 늦게 빠졌잖아, 20대 초반까지.

맞아, 그래서 엄마 별명이 개구리 왕눈이였어.

우리

혜란

나도 어릴 땐 예은이 같았지. 아기 티 나는 게 싫고...

예은이는 딱 아빠 반, 엄마 반 닮았어.

우리

예은

완전 반반!

그치?

우리

#지금_이순간이_너무_행복해
#더_이상_자라지_말아줘

• Q •

꽃길만 걸었으면 했던 아이들이 처음으로
인생의 쓴맛을 봤습니다

"가끔 기다려 주는 사람이 더 고마울 때도 있지 않나요? 아이들을 기다리는 것도 부모의 몫이더군요."

언젠가 아이들에게 듣기로, 우리 부부는 애들한테 "괜찮아"라고 말한 적이 거의 없다고 하더군요. 생각해 보면 정말 그랬던 것 같기도 해. 아이들이 직접 시련을 극복할 때까지 묵묵히 기다려 주는 게 우리 부부의 역할이었으니까요.

#10년뒤에도_20년뒤에도
#너희랑_이렇게 지낼 수_있었으면 좋겠다

예은 정말이에요! 제가 힘들어할 때 엄마 아빠는 "괜찮아"라고 말해 주지 않으셨어요. "괜찮아"보단 "그건 힘든 것도 아니야"라고 말씀하셨죠.

예린 맞아. 절대 그냥 괜찮다고 안 하셨어, 두 분 다.

예은 (언니의 동조가 반가운 듯) 그치? 사실 그땐 그게 참 원망스러웠는데 지금 생각해 보니까 오히려 내가 힘든 걸 느끼지 못하도록 고통을 작아 보이게 해주신 것 같아요. 그리고 그런 배려 때문에 내가 이만큼 성장할 수 있었던 거고.

아내 득도했어, 우리 예은이가.

예은 힘들 때 "괜찮아"가 아니라 "힘든 게 아니야"라고 말하면서 묵묵히 기다려 주셔서 감사해요. 아, '내가 뭘 해야 하지?' 하고 생각하고 있던 때에도 뭔가를 하라고 시키지 않고, 뭐든 직접 해볼 수 있게 해주신 것도요.

예린 나도 혼자 힘들어하던 때에 가족들이 날 압박하거나 놓아버렸다면 절대 여기까지 올 수 없었을 거야. 단지 묵묵히 곁을 지켜줬기 때문에 헤매고 다시 길을 찾기를 반복하며 걸어갈 수 있었던 거지.

아내 (딸들을 자랑스러워하며) 솔직히 너희가 이렇게 빨리 엄마 마음을 알아줄 줄은 몰랐어.

예은 에이, 이런저런 일을 겪으면서 느낄 일이 많이 있었으니까요~ 나는 정답을 알려 주길 바랐는데, 정답이 있길 바랐는데 사실 인생에 정해진 답은 없는 거고… 그래서 오히려 직접 겪으며 내 것을 찾아갈 수 있었던 거죠.

아내 초등학교 때부터 예은이는 해마다 혼자 뒤집어지는 때가 있었어. 우리 둘이 몸싸움까지 할 때도 있었고. 그런 아픈 시간들이 있었던 만큼 빠르게 성숙한 것 같아. 티는 안 내더라도 속으론 곪고 터지며 성장하고… 그때마다 자신이 직접 생각하게끔 기회를 줬었지.

예은 그땐 '날 봐 주세요' 하면서 발버둥 친 적이 많았어요. 무너질 것 같을 때, 엄마가 부둥켜안아 주면 마음속 고통이 그냥 다 녹아 버리는 것 같거든요. 그런 시기를 이겨내고 비로소 나 자신을 알 수 있었어요, 헤헤.

나 (잠자코 지켜보다가, 감정에 복받쳐) 고마워, 잘 커 줘서.

• Q •

호환마마보다 무서운 아이들 사춘기,
경험자로서 조언 한마디?

"어마어마했었죠. 가시덤불을 헤쳐 나가듯 가족 모두 아파하며 한 발
씩 나아갔던 시기였어요."

아내에게 가장 아찔했던 순간. 나조차도 마음을 추스르기 어려웠던
순간. 그 순간이 바로 예린이의 사춘기 시절에 있었습니다. 이런저런
일을 겪고 성장한 아이들을 보는 건 뿌듯하지만, 아이가 힘들어했던
날을 떠올리는 건 아빠로서 여전히 마음이 아프네요.

나 사춘기 애들이랑 하루 종일 붙어 있었던 건 당신이잖아. 뭐가 제일 힘들었어?

아내 (잠깐 고민하다가) 아이들보다 내가 더 빨리 생각해야 했다는 거? 아이들보다 상황에 대한 계산을 더 빨리 해야 했고, 순간의 대처도 빨라야 했으니까. 그게 좀 힘들었던 것 같아.

예린 나는 예고에 다녔을 때, 학교가 나랑 너무 맞지 않아서 힘들었어. 예고의 수업도 결국은 대학을 가기 위한 과정인 거니까 어쩔 수 없지만, 그게 날 휘두르는 게 너무 힘들고 성향과도 맞지 않았거든.

아내 예린이는 항상 얌전하고 착하게 컸지만, 그땐 이런저런 일들이 많았지.

예린 자존감이 많이 떨어져 있던 시기에 "죽고 싶다"고 한 적도 있었고. 정말 죽으려고 옥상에 올라가기도 했는데… 엄마가 옥상까지 날 따라와서 "같이 죽자"고 한 날 서로 끌어안고 한참 울었던 게 아직도 기억나.

아내 사실 그때 TV에서 요즘 애들이 핸드폰 줄로 스스로 목숨을 끊는다는 뉴스를 봤어. 너는 몰랐지? 네가 "죽을 거야!"라고 했을 때 화가 나서 "네 마음대로 해!" 하고 방문을 닫았는데, 불현듯 그 뉴스가 생각나더라고. 그 순간 네가 집 밖으로 나가는 소리가 들리는 거야. 그래서 막 따라 나간 거지.

예린 (지금 생각하면 믿기지 않는다는 듯) 그 한여름에, 16층 옥상을 엘리베이터도 아니고 계단으로 걸어 올라가고!

나 어우, 나 지금 듣기만 해도 심장 떨려.

아내 예린이가 한 층 먼저 올라갔고, 나는 그 뒤를 따라갔어. 솔직히 올라가는 내내 생각이 너무 복잡했어. 그러다가 애가 옥상에 도착할 즈음에 막 뛰어가서 문을 열었는데, 막상 문이 열리니 예린이가 무릎을 털썩 꿇으면서 엉엉 울더라고.

나 (마음이 먹먹해져서) 자기도 풀린 거구나, 그제야.

아내 응. 그제야 예린이도 안에 쌓인 뭔가가 풀어졌나 봐. 그런데 나는 아이들 잎에서 운 적이 한 번도 없거든. 그냥 엉엉 우는 예린이를 안아 주고, 조금 진정시킨 다음에 다시 계단으로 천천히 내려오면서 대화를 했지.

예린 그것도 진짜 하나하나 다 기억나.

아내 그때 내가 이렇게 말했던 것 같아. "네가 만약 엘리베이터를 타고 옥상까지 올라 왔으면 욱하는 마음에 잘못된 선택을 했을 수도 있었을 거야. 하지만 16층을 한 계단씩 걸어 올라가면서 이런저런 생각을 했겠지. 우리 사는 것도 그렇게 가자. 급히 달려가지 말고, 좀 더디더라도 천천히 가자. 그러면 아무리 막막하고 앞이 어두워 보여도, 오늘처럼 또 다른 길이 열릴 거야. 예린아, 앞으로 인생에 힘든 날이 또 찾아오면 오늘을 기억해."

예린 근데 그때 엄마도 울지 않았어? 같이 안고 울었던 것 같은데.

아내 아냐, 나는 너 방에 들여보내고 혼자 밖에 나갔어. 그리고 다른 엄마들이랑 맥주 마시면서 펑펑 울었지. 그 뒤로 너를 천천히 기다려 주니까 네가 고등학교 때 이대를 준비하겠다고 하더라고.

예린 (담담한 목소리로) 지금 생각해 보면 그때 일이 내 인생의 전환점이 된 것 같아.

아내 맞아. 그 이후로 많이 자랐어, 예린이도. 사실 이대에 진학할 수 있는 가능성은 없었지만 일단 본인이 준비하겠다고 하니까 네가 하고 싶은 대로 하게 뒀던 거야.

예린 그때 엄마가 당부한 게 아직도 기억나. "너와 내가 그 목적지에 갈 때까지 함께 즐겁게 가자. 즐겁게 준비하지 않으면 반대할 거야."

나 모두에게 주어지는 기회 중에 세상에서 제일 공평하고 투명한 게 '시간'이니까.

아내 그 시간을, 예린이는 잘 활용했어.

나 지금까지 잘해온 그 힘으로 우리 예린이가 더 신명 나고 재미지게, 인생을 즐기며 살았으면 좋겠다!

아내 부모 마음은 항상 그렇지.

나 가족은 각자 자기 자리에서 묵묵히 제 역할을 해나가야, 또 서로를 존중해야 잘 살 수 있다는 걸 난 항상 두 딸내미들 보면서 깨달아. 이런 자식 허세는 아버지로서 좀 떨어도 괜찮겠지?

예린 (능청스럽게 웃으며) 오늘 하루 정도는 뭐 마음껏 하셔요.

아까 너무 울어서 눈이 부었어.
우리

혜란
언제 울었어? 아까 TV 보면서?

응, 프로듀스48 보면서.
우리

혜란
으이그, 왜 운 거야?

일본 애가 자기 팀한테 피해 주고 싶지 않다고 말하는데,
예전에 예은이가 나한테 무섭다고 했던 게 생각났거든.
예은이도 저렇게 무서웠겠지.
우리

혜란
뭐 그러면서 또 인생을 배우는 거니까.
예은이도 처음엔 힘들어했지만, 잘 견뎌 냈잖아.

맞아. 그냥 아빠로서 방송을 보니 괜히 눈물이 났어.
우리

혜란
예은이가 저랬겠구나 하고 생각했구나.
그런데 당신, 예은이한테 못 해준 게 생각나서
더 울컥한 거 아니야?

그럴 수도.

우리

 그냥 하루하루 최선을 다하면 되지.
나만 잘났다 생각하지 말고, 가족을 배려하면서.

혜란

그래. 당신 말이 맞네.

우리

#아픈_자식은_남자를_아비로_만든다
#우리가족은_함께_어른이_되어갑니다

• Q •

홈스쿨링 시켰더니
괜히 애가 주눅 드는 것 같아요

....

"부모가 아이 따라서 흔들리면 안 돼요. 그냥 자신의 길을 갈 수 있도
록 인도해 주세요."

각자 가는 길이 다르면 각자 보는 것도 달라야 하죠. 다른 사람의 시
선, 다른 사람이 가는 길은 신경 쓰지 않아도 돼요. 그저 아이들을
믿어 줘야 하는 것뿐이지. 왜냐하면 우리는 그 아이들의 부모니까요.

#힘든_시간을_잘_이겨내줘서 #아빠는_너희에게_고마워

모든 아이들이 꼭 학교에 다녀야지만 소위 말하는 '훌륭한 사람'이 될 수 있는 건지는 사실 그 누구도 몰라요. 가끔 사람들이 묻더라고요. 대학을 졸업한 큰딸과 학교에 다니지 않고 홈스쿨링을 하는 작은딸에 대해서. 그러면 우리 부부는 언제나 이렇게 답해요. "갸는 갸고 야는 야쥬~" 각자 가는 길이 다르면 각자 보는 것도 달라야 하죠.

인생에는 정답이란 게 없으니 그 답을 찾기 위해 살아가야 한다고 봐요. 무조건 명문대를 졸업했다고 해서 성공한 삶을 살고, 학교에 다니지 않았다고 해서 실패한 삶을 살게 되는 건 아니니까. 예은이도 자신의 정답을 찾기 위해 인생에 고군분투하고 있습니다. 그 시간 끝에 경험이라는 값진 양분을 얻게 되겠죠. 우리 두 부부는 예은이를 믿습니다. 아니, 무조건 믿어 줘야만 합니다.

왜냐하면, 우리는 아이들의 부모니까요.

• Q •

애들이 뱃속에서 원수라도 졌나,
맨날 싸우고 난리예요

"애들 싸움에 내 등만 몇 번이 터졌는지! 그럴 땐 새우 등 터지지 않게 잠시 비켜나세요."

눈에 넣어도 아프지 않을 우리 두 딸도 자주 싸우던 때가 있었죠. 그럴 때도 우리 부부는 아이들 싸움에 개입하지 않았어요. 그건 둘만의 문제고, 오롯이 둘만의 힘으로 화해하고 나면 깨닫는 게 더 많을 테니까!

나 (생각만 해도 피곤한 듯이) 우리 딸들도 서로 박 터지게 싸웠던 날들이 있었는데.

예린 예은이랑은 전부터 성향도 많이 달랐고, 나이 차이도 있어서 잘 맞지 않았어. 그래서 당연히 서로 싸우던 일도 잦았던 거지.

예은 어떻게 보면 예전의 우리 가족은 그런 면에서 조금 표현력이 부족했던 것 같기도 해요. '말 안 해도 알겠지'라는 생각 때문에 싸운 적도 꽤 있었고요. 언니랑 대화를 거의 하지 않고 지낸 적이 있는데, 서로의 마음을 표현하지 않으니 사소한 감정이 쌓이더라구요.

예린 네가 나랑 말을 안 하게 되면서 조금씩 더 멀어졌었지. 하필이면 그때 내가 또 미국에 가게 되면서 그런 시기가 길어졌던 것 같아.

아내 하지만 그런 시간이 결과적으로는 도움이 됐잖아?

예린 응, 엄마 말대로 한 발짝 두고 상황을 보게 되니까 많은 생각을 할 수 있었어. '내가 동생의 입장에서 생각해 주지 못했구나.' 하고. 나는 동생을 동생으로만 보고 '애는 왜 이래' 하는 생각이 컸었던 거야.

나 그럴 수도 있어. 많은 사람들이 하는 실수거든. 가끔 아빠도 그래.

예린 그걸 느끼고 나서야 예은이와 쌓인 감정을 풀 수 있었어.

지금도 자주 싸우긴 하지만, 예전보단 훨씬 더 풀기 쉬워진 것 같아. 서로의 입장을 이해하게 되면서 가능해진 거 아닌가 싶기도 하고.

예은 (조금 수줍게 말문을 열며) 사실 나는 있잖아, 그때 언니가 "내가 예은이 마음을 그동안 생각해 주지 않았던 것 같아."라고 해줘서 너무 좋았다? 자기한테도 잘못이 있다는 걸 인정하고 사과해 준 거잖아. 우리가 서로 대화하고 풀어 나간 건 그때가 처음이었던 것 같아.

예린 오롯이 우리 둘이서 풀었다는 게 의미가 크지.

이내 그때도 나는 너희 문제에 다치하지 않으려고 했어. 둘만의 문제는 둘이 알아서 해야지, 성인이 되어가고 있으니까. 이젠 문제가 생기면 둘이 카페 가서 얘기도 하면서 풀 수 있게 됐고.

예은 언니는 항상 좋은 경쟁자야. 가족을 경쟁자라고 하는 게 이상하게 들릴지는 몰라도… 나는 내가 갖지 못한 것들을 가진 언니를 보면서 많이 성장했다고 생각하거든.

예린 우리는 그냥 서로를 잘 이해하지 못했던 거야.

예은 응! 그게 서운하거나 그런 건 아닌데, 어쨌든 발레라는 길을 나도 원했으니까. 나는 언니가 하는 걸 다 따라 하고 싶어 했지만, 지금 생각해 보면 나랑은 다른 길이었던 것 같아.

아내 각자 가는 길이 다른 것뿐이야.

예린 근데 신기하게 자매랑 싸우지 않는 친구들도 있긴 하더라.

예은 응, 그런데 무조건 싸우지 않는 사이가 좋은 사이라고는 생각하지 않아. 싸우면서 서로 맞춰 갈 수 있으니까… 사실은 가끔 언니랑 싸우면서 속으로 행복할 때도 있어. 점점 서로를 이해한다는 게 느껴져서 그런가 봐. 예전엔 '부모님이 안 계실 때 언니가 부모 대신'이라는 게 싫었는데, 요즘은 언니가 그럴 수도 있을 것 같아.

나 그럼 '이거 하난 내가 언니보다 낫다'고 생각하는 게 있어?

예은 뭐 그런 것 빼고는 언니보다 제가 낫지 않을까요? 히히.

예린 (장난스레 노려보며) 얘가 뭐래?

예은 농담이야! 언니는 집에서 시크함을, 저는 귀여움을 맡고 있잖아요? 각자의 매력을 찾은 거죠.

예은

근데 있잖아~ 언니는 왜 10년을 해온 발레를 그만둔 거야?

예린

뭐 큰 이유는 아니고,
살다 보면 다른 길을 찾아야 할 때도 있으니까.

삶에는 정답이 없는 거지.

혜란

예린

발레를 그만둔 건 하나도 아쉽지 않아.
만약 조금이라도 아쉽다면 그건 아직도 발레에
미련이 있어서겠지.

그거 기억나?
네가 발레 그만둔 다음에
객석에서 공연 보고 했던 말.

혜란

예린

음? 내가 뭐라고 했더라?

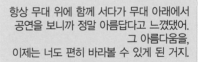항상 무대 위에 함께 서다가 무대 아래에서
공연을 보니까 정말 아름답다고 느꼈댔어.
그 아름다움을,
이제는 너도 편히 바라볼 수 있게 된 거지.

혜란

#자식들은_스승을_밖에서_찾지만
#모든_부모의_스승은_자식입니다

애들을 어떻게 혼내야
잘 혼냈다고 소문이 날까요?

"아이를 진짜 위하는 마음만 있다면 옳고 그름의 기준은 없다고 봐요.
중요한 건 '깨달음'이죠."
저희 부부는 아이들을 보면서 배우는 게 참 많습니다. 성격도 그렇
고, 아이들을 진정성 있게 혼내는 법도 그렇고요. 부모도 아이와 함
께 성장한다는 말이 맞는 것 같아.

#웃는거_봐라 #좋단다
#근데_있잖아 #나도_좋다_ㅋㅋ

달달달달, 큰애가 조금만 늦게 귀가할 때면 제 다리에서 들리는 소리입니다. 아주 다리를 요란하게 떨면서 시도 때도 없이 문자며 전화며, 휴대폰이 쉴 틈이 없죠. 그런 제 모습을 보고 혜란 씨가 결국 한마디 합니다.

나   나 예전에는 예린이가 늦게까지 집에 오지 않으면 노심초사, 무서운 세상 밖에서 무슨 사고라도 나지 않았나 싶어 10분에 한 번씩 문자 날려댔잖아. 전화까지 걸어서 소리 질러대고.

아내 어휴, 그때 내가 보다 못해서 한소리 했었지. 당장 전화기 내려놓으라고!

나   난 그때 당신이 뭐라고 했는지 아직도 기억나.

아내 뭐라고 했는데?

나   (화내는 아내의 목소리를 따라하며) 소 왕방울처럼 큰 눈으로 째려보면서 "애 좀 늦는다고 매시간마다 문자 날리고 전화해 봤자 하나도 안 무서워, 좁쌀영감처럼 조잡스럽게 콕콕 찌르면 신경질만 나지! 혼낼 거면 위엄 있게 혼내. 소리 없이 망치처럼 심장을 내려쳐서 혼을 내야지, 아빠의 진심 어린 마음을 깨닫도록 품격 있게! 친구들 만나 수다 떨면 금방 밤 12시고, 1시간이 1초처럼 흐르는 게 그 나이야. 그때 놀아 봐야 노는 걸 멈출 줄 아는 지혜도 생기는 거고. 자식

한테 걱정을 가장한 의심을 품으면 부모와 자식 사이도 신
뢰가 깨져. 같이 살아도 남보다 못하는 거야!" 했지.

아내 (뿌듯하게 고개를 끄덕이며) 과거의 내가 참 맞는 말 했네.

나 암튼 혜란 씨 안 만났으면 난 그냥 꼰대 마인드로 살았을
거야, 진짜루… 그 후론 예린이와의 유대 관계도 더 깊어졌
고, 자식을 소리로 다스리는 게 아니라 따뜻한 마음과 사려
깊은 믿음으로 이끌어 줘야 한다는 걸 배웠어.

아내 예린이 말마따나 우리는 연애하면서 크는 가족인가 봐,
하하.

나 그래도 훈육에 대한 가치관은 가자 다를 수밖에 없는 것 같
아. 아이들과 서로 대화가 아예 안 통하는 시기가 있거든.
특히 애들이 성장통을 겪고 있을 때는… 어휴, 말을 못 하
지. 나는 정말 최후의 수단으로 매를 들기도 했어.

예린 (단호한 표정으로) 근데 아빠, 나는 좀 다르게 생각해. 만약에
그때의 매가 지금까지 계속 이어졌으면 나는 아빠랑 관계
가 단절됐을 거야.

나 아니, 나는 어떤 경험이 있어서 그래. 내가 학교 다닐 때 정
말 아끼는 학생의 손바닥을 때리면서 우는 선생님을 본 적
이 있었거든. 막 눈물을 흘리면서 매를 드는데, '내가 이
아이를 너무 사랑하고 아끼니까 엄하게 대할 땐 대해야 한
다'는 진심이 느껴졌어. 과연 그 선생님의 방식이 틀린 거

라고 할 수 있을까?

아내 흔히 말하는 사랑의 매 같은 거였구나.

나 그렇지. 아이들을 화풀이로 체벌하는 건 진짜 있어서는 안 되는 일이지만, 그 선생님의 매는 말 그대로 '사랑의 매'라는 느낌이었걸랑. 살면서 틀린 건 없는 것 같아. 방식이 다를 뿐이지.

예은 저도 아빠한테 딱 한 번 매를 맞았던 적이 있잖아요, 아빠 말을 잘라먹고 대답했다가요. 전 사실 그때 많이 배웠어요. 지금까지도 절대 남의 말을 자르고 얘기하지 않거든요.

나 성인이 되면 애들이 봉인 해제되면서 사춘기보다 더 위험한 시기가 오거든. 부모는 환장하는 거지. 그때가 더 위태로워.

예린 그건 아빠 말이 진짜 맞는 것 같아. 성인이 막 됐을 때, 내가 옳다고 생각하는 부분에서 혼나면 괜히 듣기가 싫어지더라. 그때는 내가 다 컸다고 생각했지만 사실 아직 어린 건데. 그래도 엄마가 나한테 납득하고 이해할 수 있게 이런저런 얘기를 해준 게 도움이 됐어. 만약에 엄마 아빠가 비슷한 성향이었으면 아무것도 배우지 못했을 테지만.

내가 예은이한테 이렇게 말했거든.

우리

 뭐라고?

헤란

예은이 이제 TV에도 나오고,
너 이러다 연예인 되는 거 아냐?

우리

 그랬더니 뭐래?

헤란

저 연예인 맞아요!

우리

 ㅋㅋㅋ.

헤란

 제가 언제요, 또 과장한다.

예은

웃자고 한 얘기야.

우리

 아빠! 저 질투하죠? 맨날 나쁜 얘기만 해요.

예은

아빠가 널 질투한다고?
니네 엄마도 자기 질투한다고 하고, 아빤 뭐냐 대체?

우리

 흐흐.

예은

졸지에 딸 질투하는 아빠 됐다, 야. 뭔 일이래.

우리

#서로_놀리는_맛에_삽니다 #우리집_네가족_행복공장

꼰대 같은 아빠는 되고 싶지 않았는데,
정신 차려보니 그렇게 됐습니다

"자각이라도 하는 게 어디랍니까? 좋은 아빠가 되려 하기 전에 노력하는 아빠가 되어보세요!"

저라고 처음부터 '좋은 아빠'는 아니었어요. 저 역시 아이들에게는 가끔 꼰대처럼 느껴지는 보통의 아빠였죠. 다만, 그 상태에 머물러 있지 않았을 뿐입니다. 내가 고리타분하다는 걸 인정하는 것, 그리고 고치기 위해 노력하는 것. 뻔한 얘기지만 그게 정답이더라고요.

#사랑해서_미안한게_더_많아 #아빠마음_이해해줄거지?

나　사실 나는 매일매일 고리타분한 아빠야.

아내　뭐 그게 어떻게 보면 부모의 역할 아닐까? 아이들이 사회
　　　에 나갔을 때 잘 설 수 있도록 만들어 주고 싶으니까.

나　(개의치 않는다는 듯) 겉으로는 자유분방해 보여도, 애들은
　　날 그냥 '꼰대 같은 아빠'라고 생각할 수도 있어.

아내　근데 요즘 아빠들은 또 다르대. 당신 보고 그렇게들 말하잖
　　　아, '요즘 아빠'라고.

나　나는 근데 사실 '요즘 아빠'라는 게 뭔지 잘 모르겠다? 그
　　냥 애들 풀어 놓고 잘 놀아주기만 하면 그게 '요즘 아빠'인
　　가? 설령 고리타분하게 굴더라도 나와 다름을 인정하고 바
　　꾸려고 해야지. 서로 대화로써 풀어나가는 게 매일 매일의
　　숙제인 것 같아.

아내　그래서 당신이 노력을 정말 많이 하는 아빠라는 거야. 물론
　　　간간이 예전 모습이 보일 때도 있긴 하지만 그걸 지적하면
　　　잘못을 받아들이고, 또 고치려고 노력하니까.

나　지금은 남들이 '좋은 아빠'라고 많이들 해주지만, 실은 나
　　도 변하기 위해 많은 노력을 했어. 그래서 이젠 입 밖에 나
　　오지 않았던 '미안해'라는 말도 애들한테 할 수 있는 거고.

아내　그래도 가끔은 '나쁜 아빠'가 되기도 해, 당신이 모르는
　　　새에.

나　(부정하지 않으며) 그럼, 나도 사람인데. 한번은 밥을 먹는데

예린이가 카페에서 만났던 남자 얘기를 꺼냈어. 그래서 "넌 남자 이야기만 하냐?"고 했더니, "제 마음이에요!"라고 쏘아붙이더라고. 내 마음은 그게 아니었는데, 애한테는 다르게 전달된 거지. 그러더니 싸늘하게 이러는 거야. "아빠는 저번에도 그런 식으로 말했잖아요."

아내 예전에 싸운 걸 계속 기억하고 있었구나?

나 응. 난 그때 알았어, 싸운 그 날 사과하지 않으면 금이 생긴다는 걸. 겉으로 봤을 땐 작아 보이지만 그 사이로 물이 줄줄 새는 금. 솔직히 애한테 먼저 미안하다고 사과하는 게 쉽지는 않아.

아내 세상에 사과하는 게 쉬운 부모가 있을까? 처음부터 그게 쉬운 사람은 없을걸.

나 부모로서의 자존심 때문에 그래. 그래도 눈 딱 감고 내가 먼저 사과하니까, 까칠하게 굴었던 예린이도 "저도 아빠한테 그런 식으로 말해서 죄송해요." 하고 사과하더라고. 뭐 내가 잘못을 인정하고 사과하는 아빠가 되려고 노력하는 것도 있지만, 그럴 때 당신이 애들이랑 나의 중간 역할을 해주는 것도 크지.

아내 "아빠가 이런 점은 잘못했어. 하지만 너희 아빠는 사과하고, 변하려고 노력하는 사람이잖아. 지금도 변하고 있는 중이고. 그러니 너도 그런 아빠를 가끔은 이해해 줘야 해." 이런 말을 자주 해줬지.

나 (아빠로서의 고뇌가 담긴 한숨과 함께) 당신 아니었으면 애들이랑 화해도 잘 못 하는 아빠가 됐을 거야. 먼저 미안하다고 하면 되는데, 아빠라는 자존심이 참 이상해. 괜히 입 밖으로 잘 나오지가 않아.

아내 원래 금은 사소한 것에서부터 가는 거더라고.

나 나는 하지도 않으면서 이거 해라, 저거 해라 잔소리 줄줄 늘어놓는 꼴불견 아빠가 되기도 싫었어. 그래서 예은이랑 아침마다 영어 공부를 한 거였고.

아내 아마 그때 예은이도 당신 덕에 힘을 많이 얻었을걸? 혼자 공부하는 게 힘들었을 텐데, 아빠가 든든하게 함께 버티고 있다는 걸 보여 준 거니까.

나 결과적으론 나도 그때 많이 배웠거든. 영어를 배운다기보단 가족의 의미를 깨닫는 시간? 아이를 위해 아빠가 해줄 수 있는 건 함께 해주는 것밖엔 없다는 걸, 나는 다른 곳이 아닌 가족에게서 배워.

혜란

그러고 보면 너희 아빠는 예은이 말마따나
돈 갖고 쪼잔하게 굴었지.

예은

네네네네! 맞아요!

에휴, 이번엔 쪼잔한 아빠가 됐네.

우리

예은

지금 말구, 예전에요.

혜란

용돈이 필요한 이유를 한 시간 반 동안 설명해서
얻어내는 애가 어디 있어.

예은

저도 버티다가 말한 거예요. 딱 돈이 필요할 때~

절약 정신을 일깨워 주려고 했던 거야.

우리

예은

돈이 있어야 절약 정신을 배우죠!

그래, 네가 그렇게 나를 설득시켰지. 한 시간 반 동안!

우리

예은

오히려 용돈을 받으니까 내 돈이라 그런지
돈 관리를 더 철저하게 하게 돼요.

예은이 말이 맞다.

우리

예은

그래도 이제 용돈 받으니까, 아빠는 100점 만점 아빠~^^

그전에는 몇 점이었는데?

우리

예은

99점?ㅎㅎ

#아무쪼록_두딸_모두_예쁘게_자라주어서_아빠가_고맙습니다
#아빠가_감사합니다

• Q •

타이르자, 혼을 내자,
애들 교육 전에 부부싸움 나게 생겼슈!

....

"그게 참 힘든 문제입니다. 근데, 서로 어색해도 결국은 꺼낼 수밖에
없는 이야기죠."
저희 부부도 여느 부부처럼 지향점이 서로 다릅니다. 저는 두 딸을
강하게 키우고 싶어 하고, 혜란 씨는 그 반대죠. 오랫동안 바깥일을
주로 하다가, 막상 아이들과 대화하려니 어색하기도 했어요. 게다가
교육 문제, 이건 어느 집 자식이든 피하고 싶은 이야기잖아!

아내 (장난스럽게 웃다가) 아빠의 큰 역할은 돈? 하하. 남편이 아
        니었으면 마음 편히 움직이지도 못했을 거야. 당신은 아이
        들이 성인이 되기 전까진 육아를 전적으로 내게 맡겼지. 나
        는 바깥일을 신경 쓰지 않고, 당신은 내가 신경 쓰지 않도
        록 밖에서 열심히 일해 주고.

나   근데 오히려 애들이 크면 클수록 교육에 신경이 더 쓰이더
        라고.

아내 맞아. 예린이가 대학에 간 후부터는 아빠도 가족 일에 많이
        참여하려고 노력한 거야. 그러다 보니 애들 입장에서는 잘
        지내는 세 모녀 사이에 아빠기 끼이드는 기분이기도 했을
        거고, 그 과정에서 서로 오해나 갈등도 많이 생겼었고.

나   (잘 견뎌온 시간들을 떠올리며) 그걸 현명하게 풀어 가려고 무
        던히~ 노력했지.

아내 그런 노력 끝에 점점 가족과 시간을 보내는 게 재밌어지
        더라. 가족과 함께 시간을 보내고 싶은 욕구가 많아지고
        있어.

나   아까도 말했지만 애들이 클수록 교육에 신경이 쓰여. 성인
        이 됐으니 이제 자기 생각을 갖고 살아가야 하잖아. 그래서
        예은이한테도 어학연수를 권했던 거야. 그런데 예은이는
        가기 싫은데도 아빠가 실망할까 봐 말하지 못하는 것 같더
        라고.

아내 아, 그걸로 대화 해봤어?

나 응. 어제도 "너 어학연수 가기 싫어? 아빠 때문에 그런 거면 얘기해."라고 하니까 혼자 가기 무섭다고 하던데. 나는 안 가도 된다고 말하면서도 내심 자기 것을 하나라도 만들었으면 하는 거지.

아내 연수 같은 거 안 가도 괜찮아. 중요한 건 연수 자체가 아니라 경험이지.

나 (조금 아쉬운 듯) 외국 가는 건 하나도 안 중요하지만, 너의 삶을 부스팅 해 줄 뭔가가 필요하다고 말해 주고 싶어. 언제까지 엄마의 보드라움만 느낄 수 있겠느냐, 짠맛도 쓴맛도 느껴 봐야 된다 하고. 우리는 애들을 대할 때 '엄마는 부드럽게, 아빠는 강하게' 대하는 편이지. 당신은 그걸 맘에 안 들어 하지만!

아내 딸들을 아들처럼 키우니까! 아니라곤 해도 점점 함께 할 시간이 줄어들 텐데.

나 그려~ 당신은 그게 섭섭한 거지? 애들이 크는 게. 서로 친구처럼 지내왔는데 이제는 빈자리가 조금씩 느껴지기 시작했잖아.

아내 (씁쓸한 목소리로) 티는 안 내려고 했는데, 섭섭한 건 어쩔 수 없네.

• Q •

아이들이 갑자기 결혼한다고 하면 어쩐대요?

"오늘을 재미있게 살 수 있는 사람을 만났다면 괜찮아요. 다만, 아빠의 질투는 덤!"

아내랑 살아 보니 다른 것보다 '재미'가 중요하더라고요. 돈 없으면 열심히 벌어서 살 수 있지만, 재미없으면 절대 못 살아. 그러니 딸들이 '오늘 재미있는 사람'을 만났으면 좋겠습니다. 물론 아빠로서의 질투는 별개의 문제죠. 흥!

나 돈이 많은 사람보다는 '오늘 재밌는 사람'을 만나는 게 좋은 것 같아. 우리를 봐, 우리도 돈 없이 출발했잖아.

아내 은연 중에는 나도 내 딸이 조금 덜 고생했으면 싶어서 뭐 하는 놈인지, 뭐 하는 집안인지 따지게 되긴 하지만 늘 이렇게 얘기해. 우리가 그랬냐고, 우리도 그렇게 만나지 않았다고. 하루를 살더라도 소통할 수 있는 사람을 만나라고 하는 거지. 재미있는 사람, 말이 통하는 사람.

나 (웃음기 섞인 목소리로) 근데, 이게 희한하게 질투가 생겨. 어떻게 된 게 다 키워 놨는데 딴 남자 얘기만 해. 아빠 입장에선 보통 "그 남자는 안 돼!", "되게 별로지 않냐?"라고 반응하게 되거든. 딸들은 이해할 수 없겠지만 아빤 질투가 나. 애들이 지금 갑자기 결혼한다고 하면 어떡하지?

아내 막막하긴 하겠지만 그냥 믿을 것 같아. 특히 예린이는 애초에 결혼을 생각하고 사람을 만나거든. 그런 신중함 때문에 연애를 잘 시작하지 못하긴 하지만.

예린 맞아. 엄마, 나는 연애할 때 마음이 맴도는 사랑을 하고 싶어. 단순한 만남이라면 그 사람을 내 마음대로 움직이게 하고 싶잖아. 하지만 정말 사랑하면 그럴 수 없는 거지. (엄마 아빠를 바라보며) 가끔은 이런 게 엄마 아빠의 영향인가 싶기도 하고.

아내 딸들이랑 이성 관계에 대한 대화를 많이 하다 보니 둘 다

믿음이 가. 결혼 상대를 조금 일찍 데려온다고 해도 아이들이 상대방을 많이 좋아하고, 지금까지 생각했던 사람 같기만 하면 괜찮을 것 같아.

나   점점 우리 부부가 기준이 되어 가는 거야.

아내   아이를 낳을 거면 일찍 가고, 부부 단둘이서만 지낼 거면 천천히 갔으면 해.

김우리의
야매 고민 상담소

항상 어린 아이 같았던 작은딸이 처음 사귄 남자친구와 헤어졌어요.
인생 처음 겪는 이별의 아픔에 힘들어하는 모습이 마음 아픈데, 어떤
말을 해줘야 할지 모르겠네요.

나　“사랑은 박하사탕 같은 거야. 입에 넣었을 때만 '화~' 하고
　　맛있지, 조금 있으면 달기만 해. 그러다 녹아 없어지면 단
　　것도 끝나 버리는 거야. 남자? 천만에, 그건 네 인생의 전
　　부가 아니야. 너는 너고, 네가 제일 소중해. 그걸 잊지 마."
　　저는 이렇게 말해 줬어요.

아내　음, 저는 그런 상황에서는 굳이 손대려고 하지 않아요. 애
　　들이 스스로 깨달아야 한다고 생각하거든요.

나　전에 예린이가 남자친구랑 헤어졌다고 전화한 적이 있어
　　요, 아빠 생각이 가장 먼저 났다면서. 우리 가족 중에 제일
　　시크하고 감정을 잘 다스리는 예린이가 목멘 소리로 "아
　　빠… ㅠㅠ 남자친구랑 헤어졌어."라고 하는데, 가슴이 무너
　　지는 기분이 이런 거구나 싶더라고요. 그래도 마음을 다잡
　　고 "야, 괜찮아! 그러다가 괜찮아지는 거야. 남자, 까짓것
　　하나도 안 소중해. 네가 제일 소중한 거야."라고 해줬지.

아내　예린이가 그랬어요, 그때가 아빠한테 제일 위로를 받았을
　　때였다고. 아빠가 "걔 처음부터 마음에 안 들었어. 다행이

야!" 하는데 진짜 많은 위안이 됐대요.

나 헤어졌다고 하는 그 짧은 순간에 당시 항상 존댓말을 했었던 예린이가 반말을 하더라고요. '무슨 애길 해줘야 애가 괜찮을까, 자존감이 떨어지지 않을까' 고민했었어요. 아빠 입장에서는 그럴 때 그냥 아이 편을 들어 줘야 하는 것 같아. 솔직히 그렇잖아요. 내 땀, 내 눈물, 내 심장 같은 아이가 상처받아서 힘들어하는데 뭐가 중요해. 그냥 무조건 내 딸 곁에 서 줘야죠.

#피는_물보다_진하다 #드럽게_싸우더라도

사춘기 딸이 있는 젊은 엄마예요. 어릴 땐 천사 같았는데, 어제는 잔소리 좀 했다고 문을 쾅! 닫고 들어가기까지 하더라고요. 물론 한창 그럴 나이라는 건 알지만 속으로는 많이 놀랐어요. 괜히 잔소리했다가 더 엇나갈까 봐 이젠 말도 함부로 못 걸겠어요.

나　이 세상 우리의 자식들이 비뚤어지는 건 무조건 부모의 잘못! 고로 부모는 자식의 거울입니다. 사춘기를 아프게 보내는 자식은 무조건 믿고 기다리고 인정해 줘야 합니다. 그런 부모의 인내와 지혜가 자식의 미래를 결정하니까요.

아내　사춘기 때의 아이들은 감정의 폭이 들쑥날쑥해서 쉽게 무너지기도 해요. 저는 그럴 땐 마음이 아프더라도 아이가 스스로 땅을 딛고 일어날 수 있도록 기회를 줬어요. 웅크린 채로 우는 아이는 안고 달래주되, 그때마다 정답 말고 무언가를 해볼 수 있는 기회를 준 거죠. 자신이 직접 생각할 수 있는 기회. 우리 아이들은 결국 그 과정을 이겨 내고 더 단단해질 거라고 믿으니까. 믿어야 하니까요.

어딜 가도 '왜 그 나이에 자식도 안 낳았느냐'는 말을 많이 들어요. 우리 부부의 사생활인 건데 주변의 오지랖에 조금 짜증이 나기도 해요. 자식이 있어야 행복하다는 사람들! 자식이 없는 저 같은 사람은 어떻게 살아야 할까요?

나   그 상황에서의 행복을 찾으면 돼요. 우리 부부는 어차피 혼자 살 인생들이 아니었기 때문에 자식을 얻어서 새로운 경험을 하고 있는 거지만, 아이들이 없으면 없는 대로 즐거움과 행복을 찾으시면 돼요. 각지 다른 인생인데 이게 맞네, 저게 맞네 할 수는 없지.

아내   인생의 선택은 나니까, 내 인생이니까 남이 끼어들 수 없는 거죠.

나   인생에서는 내가 제일 중요한 거라고 생각해요. 사랑이든 뭐든 할 땐 그냥 최선을 다하는 거지만, 안 하면 안 하는 대로 내가 제일 중요한 거죠. 다른 사람 시선은 신경 쓸 필요도 없는 거고.

우리 남편은 불평불만이 너무 많아요. 연애할 때도 그런 점을 알고 있긴 했는데, 이젠 앞으로 평생을 같이 살아야 하는 거잖아요. 가끔가다 마주하는 그 싫은 성격을 어떻게 해야 할지 모르겠어요.

나   저는 아내에게 싫은 게 있어도 참는 편이에요. 남편은 일단 아내의 목소리를 들어 줘야 한다고 생각하거든요. 제 아내도 정말 참기 힘들 땐 얘기하죠. 그냥 얘기가 아니고 난리 난리 생난리를 피워요. 말도 마요, 손톱이 울버린처럼 착! 나와.

아내   서운한 걸 얘기하는 좋은 방법 중 하나는 문자 같아요. 문자를 보내면 감정이 폭발하기 전에 잘 정리할 수 있고, 받는 사람이 알아들을 수 있게 표현도 해줘야 하니까요. 그리고 상대방에게도 생각할 시간을 줄 수 있고요.

가족,

다음 생에도

함께하고픈 동지들

kwrhome   •••

제 꿈은 커 가는 키만큼 모양과 형태가 계속 바뀌어 왔습니다.

다행히 아직까지 한 번도 이루지 못한 꿈은 없었어요. 고교 시절에
는 가수의 꿈을 꿔 화려한 무대에도 서 봤고, 연예인들에게 옷을
입혀 주는 스타일리스트로도 살아 봤으니까. 또 제가 사랑하는 이
혜란 씨를 만나 결혼의 꿈도 이뤘으며, 예쁜 딸 낳아 자식 키우
는 꿈도 이뤘고, 우리를 있게 해준 노부모님께 근사한 집도 지어
드렸고요. 46살이라는 세월 동안, 나는 충분히 가치 있게 이 세상
을 잘 써온 것 같아.

꿈은 자신을 얼마나 가치 있는 사람으로 생각하느냐에 달렸습니다.
오늘이 행복한 사람은 그 꿈을 다 이룬 것이죠.

#나의_꿈은_오늘이다
#사랑하는_그대들과_오늘을_보낼_수_있어서_행복해

♡   좋아요 5,700명

• Q •

대화만큼 싸움도 많은 우리 가족,
대체 뭐가 문제죠?

....

"말만 많다고 다 잘 풀리면 저도 진즉 해탈했슈~ 더 중요한 건 따로 있죠!"

꼭 기억해야 하는 게 있어요. 많이 대화한다고 무조건 좋은 집은 아니라는 것! 대화를 했으면 그걸 실천해야지. 그렇지 않으면 '대화'가 아니고, '말을 듣고 흘린 것'에 지나지 않으니까요. 근데, 남편 쪽이 조금 더 많이 듣고, 더 많이 행동해야 한다는 건 진리 같아요.

#더_바랄게_없는_순간
#나는_남편_그리고아빠입니다

아내 (고개를 갸웃하며) 이상하게 남편이 벌어다 주는 돈을 쓰는 게 죄라고 생각하는 사람이 있더라. 자기가 전업주부라서 보잘것없다고 생각하기도 하고. 근데 그게 뭐가 어때서? 주부로서 쉬는 날도 없이 아이들 키우고 그러는데.

나 맞아. 근데 나도 예전엔 그런 노고를 잘 몰랐던 것 같아.

아내 모르기만 했겠어, 당신이 "내가 밖에 나가서 얼마나 힘든 줄 알아?"라고 했던 적도 있는데! 그땐 정말 역할을 바꿔 보고 싶기도 했지. 그런데 생각해 보니 저렇게 개성 뚜렷한 사람이 밖에 나가서 얼마나 힘들었겠나 하는 생각이 들더라고, 하하.

나 나는 나대로, 당신은 당신대로 고충이 있는 거 아니겠어?

아내 맞아. 그래서 집안에서 나의 사회를 구축하자는 생각을 한 거야. 누군가가 나를 만들어 주는 것이 아닌, 나 자신이 스스로를 키워 나가기로 한 거지.

나 그거 진짜 중요해. 스스로를 작게 만드는 사람들이 세상에 정말 많거든. 나는 솔직히 가족을 이끌고 살면서 남자가 더 많은 것을 포기해야 한다고 봐. 그래야 행복해지는 거야. 여자가 30%를 키워 내면 남자가 70%를 밀어줘야 하는 건데, 남자가 70%를 해주지 못하니까 여자도 30%까지 가지 못하는 거지.

아내 그러다 보면 "부부는 남이다"라고 하기도 하더라. 근데 그

155

럴 거면 뭐 하러 같이 살아? 밖에 나가서 부부싸움 한 얘기도 최대한 하지 않는 게 좋아. 그게 언젠가는 나쁘게 돌아오거든.

나 나는 라이브 방송에서도 기쁨만 얘기하라고 해.

예린 (차분하게 듣고 있다가) 엄마는 '싫으면 말하면 된다'고 하니까 우릴 이렇게 잘 키운 거고, 아빠는 하고 싶은 말을 잘 참았기에 우릴 이렇게 잘 키운 거 아닐까?

나 빙고! 사이가 삐걱거리는 집은 남자가 여자의 소리를 그냥 방관한 거라고 봐. 참아 준 게 아니라! 대화를 많이 한다고 무조건 좋은 집은 아니거든. 대화하고 그걸 또 실천해야지. 대화만 많은 집보다는 해법을 찾아서 실행하는 것, 그게 가장 중요해.

예린

힘든 일도 농담으로 승화시키는 능력을 닮아야 하는데.

예은

아빠 말하는 거지?

예린

응. 아빠는 뭔가 특유의 해학이 있어.

혜란

그거야말로 정말 많은 일을 겪은 사람이 할 수 있는 거야.

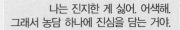
나는 진지한 게 싫어. 어색해.
그래서 농담 하나에 진심을 담는 거야.

우리

예은

근데 아빠가 마냥 가벼운 사람이라고
생각하는 사람들도 있잖아요.

그래도 굳이 그런 사람들을 위해 진중한 척할 필요는 없지.

우리

혜란

거기서 진중한 척하면 개성이 사라질걸?

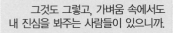
그것도 그렇고, 가벼움 속에서도
내 진심을 봐주는 사람들이 있으니까.

우리

#진심을_알아주는_가족이_있어서 #오늘도_살아갑니다

가족과 함께 웃으며 살 수 있는 비결은?

"기본만 해도 반은 갑니다. 책임, 배려, 희생 이게 빠지면 안 돼요."

가족을 위해서 감수해야 하는 것, 그게 바로 희생이고 책임, 배려입니다. 또 빠질 수 없는 건 바로 혜란 씨의 자랑거리인 '긍정적인 마인드!' 가족을 위해 입꼬리를 올려보는 건 어떨까요? 웃음은 전염된다고 하니까!

#지지고_볶고_어휴 #근데_또_이런게_사는맛_아니겠수

나 '아빠의 희생', 그리고 배려와 책임이 중요한 거라고 생각
해. 특히 아내를 위한 게 가정을 위한 것이기도 하지.

예은 (애교 섞인 말투로) 오오, 아빠 쫌 멋있는데~

나 다들 "돈 없으면 행복도 없어요."라고 말하지만, 저 세 가
지가 없는데 돈만 있다고 행복할까?

아내 절대 아니지. 밖에서 아무리 화려하게 산다고 해도 안이 복
잡한데 어떻게 행복하겠어.

나 그래서 나도 항상 그 세 가지를 마음속에 새기고 사는겨.
행복은 그 안에서 시작되는 거니까! 당신은 뭘 가장 중요하
게 생각해?

아내 나는 긍정적인 마인드와 웃음. 일단 그 두 가지만 가지고
있어도 어떤 상황에서든 큰소리가 나지는 않을 것 같거든.
같은 일을 대할 때 부정적인 사람은 계속 부정적이지만, 한
번 긍정적인 사람은 계속 긍정적으로 웃을 수 있어.

나 그러고 보면 당신은 어떤 일이 생겨도 먼저 웃는 것부터
하지.

아내 그렇게 살려고 노력했거든. 심각한 일에 웃는 게 겉으로는
좀 이상해 보일 수도 있지만, 이게 내 인생을 편한 길로 이
끌어 준 것 같아.

예린 나는 엄마의 긍정적인 성격이 부자연스러운 게 아니라서
더 좋아. 거기서 무던함을 많이 배웠던 것 같아서.

나　무던함? 어떤 무던함?

예린　힘들어 죽겠는데 '억지로라도 웃어!' 하는 강요가 아니라 '네가 세상 풍파를 겪어도 괜찮아. 그럴 수도 있지.'라는 가르침? 이런 무던함 속에서 긍정을 배웠어.

아내　(명쾌한 목소리로) 앉아서 고민한다고 해결되는 일은 하나도 없잖아? 인상 찌푸리고 있느니 차라리 잠이라도 실컷 자는 게 나아. 자고 나면 복잡했던 것들이 머릿속에서 어느 정도는 정리가 되니까.

나　가족은 '누군가가 힘들면 같이 힘들 수밖에 없는 존재'라서 그런 긍정직인 마인드가 더 좋은 깃 같아. 주변에 영향을 주니까. 특히 집안에서의 버팀목은 엄마잖아. 엄마가 긍정적인 마인드로 살아가면 아이들도, 아빠도 긍정적인 영향을 받게 되거든.

아내　나는 항상 하는 말이 "힘들어도 입꼬리는 올리고 있어라." 이거야. 입꼬리를 살짝 올리고 있으면 기분도, 마음도 저절로 따라가는 기분이야.

예린　그 말 저번에도 엄마가 나한테 해줬는데. 난 원래 '웃을 일 없으면 안 웃는다' 주의라서.

예은　저는요, 중학생 때 '익숙함에 속아 소중함을 잃지 말자'라는 글귀를 본 적이 있어요. 그땐 그 글귀를 보면서 친구들만 생각났거든요. 그런데 고등학교 때 그 글귀를 다시 보니까 이상하게 가족 생각이 나더라고요.

나 진짜? 왠지 기특한데?

예은 (칭찬이 조금 부끄러운 듯) 헤헤. 아무리 가까운 사이라도 조
심할 건 조심해야 하는 게 가족이잖아요. 익숙해지면 편해
지고, 그러다 보면 막 대하게 되고. 곁에 있어서 오히려 소
중함을 잊기 쉬운 게 가족인 것 같아요.

예린 밖에 나가서 아무리 힘든 일을 겪고 헤매도, 집에 돌아오면
버팀목이 있다는 기분이 들어. 그 가정의 버팀목은 엄마가
큰 역할을 해줘서 이뤄질 수 있었던 거 아닐까? 또 엄마의
입장에서는 그런 버팀목을 만들 수 있게 도와준 아빠가 고
마울 거고, 우리는 그런 엄마에게 고마운 거고.

나 훈훈하네. 좋아, 이제 너희는 방 청소만 하면 돼. 그럼 아빠
는 완벽하게 행복할 것 같아.

아내 (웃음과 함께 장난스레 타박하며) 당신은 항상 이래서 좀 깨!
분위기 좋았는데, 하하. 감동적인 분위기가 다 깨졌잖아.
이래서 코드가 안 맞는다는 거야.

• Q •
우리 멍멍이한테도 배울 점이 있다고요?

"기어 다니는 아기를 보면서도 배우는 게 있는데, 강아지라고 없을 리
가 없죠!"

우리 집 실세, 그 이름 이슈! 가끔 이슈를 보면 눈빛으로 우리를 조
종하는 것 같다는 느낌도 들지 뭡니까. 저는 그런 이슈를 보면서 눈
빛으로 하는 의사소통을 배워요. '세상에 배울 점이 없는 사람은 없
다'는 말이 있는데, 세상에 배울 점 없는 강아지도 없나 봐요!

아내 이슈야말로 하늘이 내려준 선물이야. 원래 나는 강아지를 못 만지는데도 이슈는 처음 봤을 때부터 좋았어.

나 (소파 위에서 졸고 있는 이슈를 애틋하게 바라보며) 쟤는 가끔 눈빛만으로도 우리 가족의 중재자 역할을 하는 것 같지 않아? 말없이 우리를 조종하는… 슬프면 슬픈 표정을 짓고, 기쁘면 기쁜 표정을 지으면서.

아내 맞아, 진짜 이슈는 눈으로 모든 걸 표현해. 동글동글 단추 같은 눈으로.

나 오히려 사람이었으면 말로 중재를 하느라 문제가 생기기도 했을 텐데, 이슈는 말없이 우리를 중재해 주니까 어떻게 보면 더 좋은 것 같아.

아내 당신 그거 기억나? 이슈 처음 데려왔을 때 우리 완전 크게 전쟁하고 난 뒤였잖아. '진짜 이 사람이랑 살아야 돼, 말아야 돼?' 할 정도로 심하게 싸웠는데 이슈가 우릴 다시 이어지게 해줬어.

나 아, 싸우고 한동안 서로 말도 안 했을 때?

아내 응. 그때 다시 말을 트게 된 계기가 이슈 목욕 때문이었지. 이슈가 점점 지저분해져서 목욕시켜야 되는데, 나는 예전에 강아지를 못 만졌고. (과거를 회상하다가 웃음이 터진 채로) 그래서 당신한테 말했지. "조심히 씻겨, 귀에 물 들어가면 안 돼!", 하하.

나 진짜 큰 역할을 했어, 이슈가. 얘 아니었으면 화해도 한참 더 걸렸을 거야.

아내 이슈는 집에서 큰 소리가 나면 휙 쳐다보는데, 난 그때마다 너무 작은 애가 간지럽게 쳐다보고 있으니까 애들도 혼을 못 내겠더라고.

나 맞아, 그 눈빛! 쟤를 보면서 나는 눈빛으로 하는 의사소통을 배워. 근데 웃긴 건 우리 가족은 딱히 다른 강아지를 좋아하진 않는다? 다들 "강아지 좋아하는 사람은 다 강아지 좋아해."라고 하는데, 우린 그냥 이슈가 좋은 것 같아. (마침 깨어나 부부를 바라보는 이슈)

아내 애들은 키우면서 한 번도 우리 부부 사이에 두고 잔 적이 없는데, 이슈는 항상 우리 사이에서 자잖아. 이슈는 우리 집 서열 2위야. 물론 1위는 나고!

• Q •

김우리 하우스만의 규칙이 있나요?

....

"있긴 합니다만 어딘가에 굳이 써놓을 필요는 없어요. 지키기만 하면
되죠."

규칙이 없는 가족은 없다고 봐요. 단지 종이에 써서 붙여 두지 않았
을 뿐이지. 가족이 하나로 뭉쳐 잘 굴러간다는 건, 각자 나름의 규칙
을 준수하며 살아간다는 증거거든요. 우리는 가족 구성원으로서의 역
할을 본능적으로 알고 지키며 사는 겁니다.

#열손가락_깨물어_안아픈_손가락_없다
#사실_깨물지두_않아유_애지중지

나   우리도 종이에 빼곡히 써서 정한 규칙은 없지. 굳이 그럴
      필요가 없는 게, 본인들이 가족 구성원으로서 해야 하는 걸
      본능적으로 알고 있으니까. 딸들은 자라면서 그 게이지가
      왔다 갔다 하는 거고, 아내랑 나는 균형을 잡아주는 거고.

아내   서로 낙오가 되지 않게 잡아 주면서!

나   당신에게도 '이때쯤이면 내가 나서야겠다.' 하는 자기만의
      규칙이 있고, 아이들에게도 또 나름의 규칙이 있을 거야.
      가족의 약속을 지키려면 안에서의 규칙이 있어야 해. 예를
      들어 명분 없이 밤늦게 나가지 않는 것, 시간을 잘 쪼개서
      사용하는 것 등등.

아내   그래도 우린 아이들을 규칙으로 많이 구속하려 하지 않는
      것 같아. 그렇게 구속당하면서 크면 나중에 어디로 튀어 나
      갈지 모르거든.

나   (몸서리를 치며) 진짜 무서워. 구속하면 튀어 나가는 시기가
      사춘기인 거야.

아내   그러고 보면 사춘기라는 것도 다 어른이 만들어 내는 것
      같아.

예은   제가 검정고시 학원에 다녔을 때, 주변에 청소년인데도 술
      담배 하는 애들이 진~짜 많았어요. (인상을 조금 찌푸리며)
      저는 그쪽은 쳐다보지도 않으려고 엄청 피해 다녔거든요.
      오히려 엄마 아빠가 저를 구속하지 않아서 스스로 이겨낼

수 있었던 것 같아요.

아내 초등학교, 중학교 때야 엄마가 여기저기 쫓아다니면서 간섭할 수 있지만 그 후론 그럴 수 없는 거잖아. 속으로 별별 생각 다 하고 답답해하면서도 기다려줬지. 사실 네가 거짓말을 하고 학원을 안 가는 것도 알았지만, 그래도 예은이의 의지만 있다면 잘 이겨낼 거라고 믿었어.

나 '우리 아이 어디 가서 담배 피우거나 술 마시지 않는 것만으로도 만족해' 같은 마지노선을 정하지 않았으면 우린 정말 불행한 가족이 되었을 거야. 규칙도 중요하지만, 가족들의 자존감이 더 중요해. 서로 부정적으로 받아들이지 않고 만족하는 가족이라는 것!

• Q •
좋자고 가는 가족 여행,
매번 대판 싸우고 옵니다

....

"쓱싹쓱싹, 아빠의 존재를 지우자! 여행을 떠나면 오로지 가족들만 최
우선으로 생각하세요."

저는 가족 여행을 갈 때 꼭 지키는 철칙이 있습니다. 내가 하고 싶은
것보단 가족들이 하고 싶은 걸 최우선으로 해주는 것. 그럼 나는? 기
뻐하고 행복해하는 가족들을 보면서 만족감 얻기!

아내 이번 여행은 말 그대로 우리끼리만 떠난 첫 부부 여행이었
지. '아이들이 있었으면' 하는 아쉬움도 있었는데, 막상 가
니까 편하고 좋더라고. 부부끼리 대화도 많이 할 수 있었고.

나 맞아. 생각해 보면 아이들과의 대화는 계속 시도하는데, 의
외로 부부의 대화는 많지 않았던 것 같아.

아내 이번을 발판으로 우리 둘이 많이 놀러 다녀야겠어.

나 나중에 "엄마가 너희 아빠 만나서 얼마나 고생했는지!" 같
은 말 안 들으려면 내가 더 열심히 노력해야 돼. 누구는 "해
줘도, 해줘도 끝이 없는 게 여자야!"라고 하던데, 해줘도 끝
이 없는지는 해봐야 아는 기 아닌기?

예은 (웃는 얼굴로 애교를 부리며) 그래도 다음 여행은 저도 데려가
주세요!

나 당연하지, 다음은 가족 여행 가자. 근데 아빠는 궁금한 게
있어. 너희들은 왜 엄마 아빠랑 여행 다니는 걸 좋아해? 다
른 집 애들은 안 그렇다던데!

예린 난 엄마 아빠 마음대로 계획을 짜지도 않고, 뭐든 우리가
원하는 걸 하게 해줘서 좋아.

예은 나두! 우리 가족이 함께 놀러 가거나 이야기를 나눌 때도
사실 꿈만 같아요. 너무 행복해서~ 하와이 갔을 때, 그냥
벤치에 누워서 가족들끼리 '다 같이 여기서 살고 싶다'는
얘기했던 적 있잖아요. 그때 모든 행복한 순간에 사랑하는

사람들이 같이 있다는 게 정말 기적 같았어요.

나　(딸들의 말에 뿌듯한 목소리로) 엄마 아빠도 너희들이랑 친구처럼 젊게 살아서 좋아. 고맙다, 딸들아. 땡큐다. 우리 평생 이렇게 살자! 그런데 말이다? 너희들보다 엄마가 제일 힘들다, 알지?

아내　어쨌든 그거 중요한 얘기네. 애들이 원하는 걸 하게 해주는 거. 당신 철칙이잖아?

나　응, '아빠는 여행 우선순위에 없어야 한다!' 가족들이 가고 싶은 여행지를 정하는 건 당연하고. 가족 여행은 처음 기억이 좋으면 인생 여행으로 남아 가족애가 더 단단해지지만, 잘못 가면 '그냥 다 때려치워 염병 지옥 여행'이 되니까.

#도란도란_헤란씨와함께
#너른바다의풍경보다_헤란씨가_더아름답던데요?

우리 다음 여행은 어디로 갈까?

우리

 뉴욕이용!

예은

 나는 LA 다시 갈래.

예린

벌써 의견이 갈리네.

우리

 엄마는 고풍스러운 유럽~

혜란

뉴욕에 LA, 유럽... 왠지 정신이 바짝 든다.

우리

 여기 다 데려가려면 열심히 살아야겠네!

혜란

네네, 우리 아가씨들 위해 더 악착같이 일하겠습니다. (__)

우리

#가족들의_행복을_위해_달리는_것 #이것이_남편이자_아빠의_길

• Q •

자꾸 저한테 장난꾸러기 아빠,
철부지 남편이라네요?

"자랑스러워하세요, 덕분에 가족들이 한두 번씩 더 웃게 되지 않아요?"
아휴, 아무렴 어때. 저는 두 딸과 예쁜 아내만 행복하다면 이 나이에 장난꾸
러기, 철부지 소리를 들어도 행복하답니다. 우리 공주마마님들 웃게 해드리
는 게 김가네 광대 김우리의 역할 아니겠습니까?

예은 사실, 음… 아빠가 외계인 같다고 생각한 적은 없어요. 방송이야 타이틀이 그랬으니까 '아빠는 외계인'이라고 나갔던 거지만, 저한테는 그냥 일상이니까요. 항상 재밌고 즐거운 아빠예요.

예린 (마침 생각난 듯이) 아, 나도 방송에서 아빠한테 관종이라고 하긴 했는데 진짜 나쁜 뜻 아니었어. 세상에 관종 아닌 사람이 있기는 한가? 관심을 받지 않고 살아가는 사람은 없잖아. 하다못해 이렇게 말하는 나도 관종인데.

나 진짜 생각지도 못했는데 "어떻게 아빠한테 '관종'이라고 할 수 있어?" 하는 반응 많더라. 그런데 웃긴 건, 우리 가족은 아무도 그 말을 욕으로 받아들이지 않는다는 거야!

예은 저도 중학교 때 별명이 관종이었어요. 그런데 그게 안 좋다고 생각한 적은 없거든요, 히히.

예린 우리가 그렇게 생각하지 않으면 되는 거니까. 아, 엄마 아빠가 가끔 둘이서 놀고 있을 때는 좀 외계인 같기도 하고.

나 야, 그래도 엄마 아빠 사이가 좋으면 얼마나 행복한 건데!

예린 아니, 그냥 그런 광경은 보통의 부모님들에게선 잘 볼 수가 없잖아.

나 (어깨를 으쓱하며) 어쩌겠냐, 부끄러워도 할 수 없어. 이미 너희들 아빠인걸.

아내 엄만 이런 아빠랑 25년을 살았어. 근데 살아 보니 좋더라, 웃기잖아!

#난_무협지를_좋아하지만
#결혼은_순정만화처럼_하고_싶어

거실 선인장에 언제 꽃봉오리가 두 개나 올라왔대?

우리

 진짜요? 어제까지만 해도 없었는데~!

예은

다 죽어가던 선인장이었는데... 와, 대박이다!

우리

 소리 지르지 마, 애기들 놀라서 떨어져.
부정 타니까 가까이 가지 마.

혜란

우리 집 서열 순위에 선인장 꽃이 추가됐네.
아이고, 내 서열은 바닥을 치는구나!

우리

 역시 대장은 엄마야.

예린

우리 집 서열 관계는 1위 이혜란, 2위 이슈,
3위는 신흥강자 선인장 꽃. 그 뒤는 변동이 심한데...

우리

 4위는 예은이요!

예은

아니 잠깐, 4위가 누구든 결정적인 순간엔 나만 빼고
여자 셋이서 뭉치니까 어찌 됐든 결론은 김우리 6위 아녀?

우리

#내가_무슨_힘이_있나 #마마님들_행복하면_그만이지

· Q ·

친구가 그렇게 좋으면 친구랑 살라고
왕창 깨졌습니다.

....

"얼른 가서 싹싹 비세요! 살아 보니 이 세상 내 편은 가족뿐입니다."

저도 한때는 어지간히도 놀았어요. 하지만 결국 힘들 때 제 치부에
아랑곳하지 않고 편이 되어주는 건 가족밖에 없더라고요. 그러니 친
구는 조금 멀리, 가족은 더 가까이!

나   생각해 보면 난 친구들과 적당히 거리를 두고 나서 인생이 잘 풀리기 시작한 것 같아. 사람들이 힘들 땐 누군가를 만나서 속내를 토로하잖아. 그런데 그게 항상 도움이 되는 건 또 아니더라고.

아내   그거 내가 했던 얘기랑 똑같네~ 사람에 기대지 말라는 거.

나   왜냐하면, 내 어려움을 얘기한다고 해서 상대방이 내 편이 되진 않거든. 비율로 따지면 90%는 나한테 관심이 없어! 그리고 나머지 10%는 관심이 있지만, 사실은 들어주는 척하면서 욕할 궁리를 하고 있더라.

아내   (소름이 돋은 팔을 쓸어내리며) 와, 그건 너무 무섭다. 믿으니까 속마음을 얘기하는 건데…

나   그러니까. 그래서 하고 싶은 말은, 결국 집 밖에선 내 편이 없다는 거지. 심지어는 집에 있는 가족도 가끔은 서로에게 무관심할 때가 있는데 밖은 오죽하겠어?

아내   그래서 가족한테 더 관심을 가져야 하는 것 같아. 세상에 있는 유일한 내 편이니까.

나   가족은 관심을 갖고 비료를 주지 않으면 그냥 시들어 있는 나무가 되는 거야. 가족들에게 관심을 갖고, 이야기하고, 같이 이겨내는 게 곧 힘인 거지, 뭐.

아내   물론 친구도 필요하지만, 너무 거기에만 정신을 쏟으면 안 돼.

나　애들한테도 '밖에 나가서 나에 대해 안 좋은 얘길 하면 안
　　된다'는 말을 자주 했지.

예은　저도 예전엔 친구들이 "너는 왜 네 고민을 말해 주지 않
　　아?"라고 해서 곧잘 상담도 하고 그랬거든요. (속상한 듯이
　　말을 삼키다가) 그런데 결국 돌아오는 건 "쟤는 왜 항상 우울
　　해 해?" 하는 시선이었어요.

나　어쩐지, 아빠 얘기에 굉장히 공감하는 표정이더라니.

예린　이 얘기하니까 생각난 건데, 아빠가 나한테도 "사람들 좀
　　줄여, 그만 만나"라고 한 적 있잖아.

나　너한테는 귀에 못이 박혀라~ 하고 많이 했지. 예린이는 주
　　위에 사람이 많으니까.

예린　그런데 나는 주위에 사람이 많아서 그런지 오히려 한 명 한
　　명에게 목매달지 않는 성격인 것 같아. 그래서 더 아빠의
　　말을 이해하지 못했었나 봐. 그때는 아빠와 유대관계가 깊
　　지 않았으니까, 아빠도 내가 그런 타입이 아니라는 걸 몰랐
　　던 거고.

나　이젠 아는데. 그치? 그게 또 오해로 쌓이고 그랬었어.

예린　(차분하고 어른스러운 목소리로) 지금은 나도 이해할 수 있어,
　　아빠가 어떤 걸 걱정했던 건지.

아내　시간이 지나면 다 겪으면서 이해가 가긴 할 거야.

• Q •

돈 벌어서 가족들 먹이면 행복한데,
가끔은 씁쓸하기도 하고요.

"뭐 어때요, 이러려고 사는 거쥬."

이상하게 보일지도 모르겠지만, 저는 '무엇을 위해 열심히 돈 벌어서 사는 걸까?'라는 질문의 답을 쇼핑에서 찾았어요. 그것도 제가 원하는 물건을 '못' 사면서요. 그냥 가족들이 웃길래 나도 웃은 거지, 뭐. 가족이 웃는 걸 보기 위해 돈을 버는 게 아닐까요?

#친구보단_아내
#세상_예쁜_내아내만_있으면_됐쥬_뭘

나　하루 종일 걸어서 그런가? 발이 슬슬 아파오네?

예린　아빠! 그럼 편한 신발 하나 사서 갈아 신어.

예은　그래요 아빠!

아내　그래 그럼!

나　(혼자 신발을 사는 게 미안한 듯) 그…래, 그럼 그럴까?

하고 들어선 매장. 그리고 10분 경과.

저는 우리 집 여자들이 이렇게 재빠른 줄 몰랐지 뭡니까. 뭐가
좋을까 매장 한 바퀴 돌아보는 사이에, 아니 당최 이게 무슨 일
이야? 세상에 이 지지배들 신발을 다 갈아 신은 것 좀 봐~ 그것
도 스타일도 다 르게! '네 것이 예쁘네, 내 것이 예쁘네.' 하면
서. 분명 발은 내가 아프다고 했는데…

발 아프다고 하면 지들이 신고, 배고프다고 하면 지들이 먹고,
옷 없다고 하면 지들이 입고. 심지어 "이 동네는 남자 매장밖에
없나" 하며 툴툴거리기까지 하죠. 아뇨, 그럼 지금까지 니들이
산 건 다 보이프렌드룩이니?

이런 적이 한두 번도 아닙니다.

주말에도 열일하는 내 작은 두 발을 위해 편한 신발 하나 사 신
으려고 했는데, 남자 신발 매장은 구경도 못 하고 우리 사모님한
테 신발 두 개만 털린 날도 있었더랬죠. 그때 백화점 가면서 새

신발 살 생각에 마냥 즐거워했던 제가 지금 생각해보니 참 우습
기까지 합디다. 내 신발 사러 와서 지 신발 홀라당 두 개 사고,
따님들까지 "나도" 하며 호로록.

그렇게 그날, 세 여자한테 탈탈 털린 채 남자 신발 매장은 발도
못 붙여 보고 일터로 쓸쓸히 돌아섰지요.

"여보, 돈 벌러 갔다 올게."

그래도 세 여자가 웃으니 됐습니다.

에휴, 사는 게 다 이런 겁디다. 그러려고 버는 거 아닙니까?

안녕하세요, 주최 후원장 김우리입니다.

우리

 네?

예은

올해의 연말 가족 대상을 시상하겠습니다.

우리

 아버님 또 이상한 거 하신다~

예린

'남편이 다 해줘요' 부문 대상 이혜란!

우리

 못 본 척하는 것 봐, 하하.

혜란

'아빠 10만 원만' 부문 대상 김예린!

우리

 우리 아빠 참 재밌게 사셔.

예린

'아빠 다음엔 어느 나라 가요?' 부문 대상 김예은!

우리

 그게 뭐예요~!ㅠㅠ

예은

 상을 줄 거면 상품이 있어야지.

혜란

기다려 봐, 당연히 있지. 두구두구...
상품은 동남아 해외여행 티켓입니다!

우리

 우리 또 여행 가요? 꺅!

예은

#가정은_마음이_있는_곳이다 #지쳐도_행복한_이유_가족

김우리끄

야매 고민 상담소

'이래도 되나' 싶을 정도로 가족들끼리 너무 많이 싸워요. 특히 남편과의 말싸움이 잦은데, 가끔은 결혼 전 제가 좋아하던 사람이 맞나 싶을 정도예요. 서로의 대화법이 크게 다른 건가 싶기도 하고, 가끔은 절 이해해 주지 못하는 것 같아 속이 상해요.

나　아이고~ 안 싸우고 사는 가족? 물론 있겠지만 흔치 않을걸요? 우리 집도 싸움 겁나게 많이 했습니다. 다만 중요한 건 피 터지게 싸우더라도 그때 남김없이 풀어야 한다는 것! '미안해'라는 밀이 뭐가 어렵나 싶겠지만 내론 맘 같시 않긴 해요. 특히 남자들은 그걸 잘 못 하는 경우가 더 많고. 남자도 여자도 꽁해 있지 말고 속 시원히 풀고 살아야 한다고 봐요.

아내　맞아요. 아내는 사실 해답보단 '그래, 힘들었지?' 하며 남편의 공감을 얻고 싶어 하는 건데, 남편들은 잘 모르는 경우가 많더라고요.

나　나는 노력했어.

아내　어련하시겠습니까.

나　오늘을 그냥 열심히 잘 살면 돼요. 나는 정말 열심히 살았다고 생각하거든. 옆 사람들이 '피곤하게 산다'고 할 정도로… 근데 그걸 알아주는 사람들이 있었고, 그래서 힘들 때에도 다시 일어날 수 있었죠. 나부터 하루하루 열심히 잘 산 다음 내 옆의 남편 혹은 아내가, 그리고 엄마와 아빠가, 또 자식들이 '나처럼 열심히 살아가고 있구나' 하는 걸 알아주고 응원해 주세요.

아내　저는 앞서 답변에서도 말했지만 가족들이 함께 운동을 해 보시면 좋을 것 같아요. 꾸준한 운동은 정신건강뿐만 아니라 가족의 원동력이 되기도 하거든요. 저도 운동을 하는 남편의 모습에 자극받았고, 마흔을 넘으면서 '더 이상 망가지지 말자'는 생각에 운동을 시작하게 됐어요.

나　이 사람도 운동을 세상에서 제일 싫어했는데 올해부터 필라테스를 시작했거든요. 와, 내 마누라 진짜 매력 터져! 그 순간만큼은 누군가의 아내나 두 아이의 엄마가 아닌, 멋진 꽃중년 이혜란 씨였어요. 아마 이런 새로운 시도가 지쳐있는 가족들에게 자극이 되어줄 거예요. 예쁜 얼굴도 좋고 돈이 많은 것도 좋지만, 그 모든 걸 만들고 지켜 주는 건 흔들리지 않는 건강과 체력이기도 하고요.

저도 김우리 씨처럼 어린 나이에 아이를 먼저 가지고 결혼하게 됐습니다. 솔직히 말하면 계획에 없었던 갑작스러운 결혼이라 아내 앞에서는 의연한 척을 해 봐도 사실은 혼란스럽고 겁도 납니다.

아내 당신도 우리 결혼할 때 조금이라도 겁이 났어? 궁금하다.

나 이건 결혼을 앞둔 사람이라면 누구라도 한 번씩 해보는 고민이지. 더군다나 어린 나이라면 더더욱 그렇고. 그런데 난 겁은 안 났어. '확신'이 있었거든. 당신이랑 결혼해야겠다는! 고민 상담을 보낸 분 역시 갑작스러운 결혼이라 해도 분명 아내에 대한 자신만의 확신이 있을 거라고 봅니다. 그렇죠?

아내 아마 두려운 건 아내 분도 마찬가지 아닐까요? 저도 처음에 갑자기 아이가 들어서고 생각지도 않던 결혼까지… 제 인생이 갑자기 바뀌니까 어리둥절하고, 속상하기도 하고, 많이 울기도 했죠. 우리 모두 계획된 인생이 아니었으니까요.

나 계획된 인생이 어디 있겠어요. 오늘 잘 살았습니다~ 최선을 다하며 사는 거지. 결혼이 겁날 수도 있겠지만 전 결혼 후에 스스로 성장해가는 걸 느꼈어요. 이것도 해보고 저것도 해보면서, 가족들과 함께 말이죠. 지금은 조금 힘들더라도 언젠가 '우리 잘 살았네~'하며 으쓱해질걸요? 토닥토닥. 파이팅!

당장 사는 게 빠듯하다 보니 가족에게 소홀해지게 되네요. 돈을 버는 것도 결국은 가족을 위한 건데, 주객전도가 된 삶을 사는 기분입니다. 이럴 때 제가 가져야 할 마음가짐 같은 게 있을까요?

나 가족을 위한 목표를 세워보는 건 어때요? 사실 저도 부유하고 풍족한 집에서 살았던 기억은 없거든요. 하지만 항상 가족을 위한 목표를 갖고 살았고, 그걸 발판으로 삼아 지금 여기까지 오게 된 거지. 예를 들어 요즘 제 목표는 '가족들은 꼭 비즈니스를 태우기'랍니다! 전 일하면서 비행기를 탈 일이 많으니까 이코노미로 마일리지를 쌓은 다음, 가족 여행 때 멋지게 비즈니스를 태워주는 거예요. 물론 이건 지금의 제가 가진 목표인 거고, 다른 사람들에게 '가족은 이코노미를 태우지 말라'고 말하는 게 아니에요. 그저 각자의 위치에서 해낼 수 있는 목표를 갖자는 거죠.

아내 그거 좋은 것 같아요. 사실 목표 자체보단, 목표를 높이 잡고 거기까지 달려가면서 얻는 게 더 큰 거잖아요. 가족에게 소홀해지는 것 같다고 하셨으니 내가 아닌 가족을 위한 목표를 세우는 거예요. 당장 안정적이지는 못해도 어떤 목표를 세워 놓으면 삶의 자극제가 되지 않을까요?

그리고
우리 가족이
사는 법

Letter

모두들 살면서 한 번쯤은 가족에게 편지를 써 본 적이 있을 겁니다. 저는 어린 혜란 씨를 두고 군대에 갔던 시절, 그렇게도 편지를 썼죠. 글재주가 많은 편은 아니지만 마음을 꾹꾹 담아 쓰다 보면 다시 한번 사랑을 다짐하게 되는 것 같았거든. 다음 페이지를 열면 우리네 가족들이 서로에게 전하는 마음의 편지가 있습니다.

책을 준비하는 건 저에게도 아내에게도 낯선 일이었지만… 흘러간 이야기를 나누며 지금의 우리 가족에게 감사할 수 있는 시간이 되기도 했어요. 몰랐던 아내의 꿈을 들을 수 있어서 좋았고, 아이들의 마음을 알게 되어 '이런 시간이 또 어디 있겠나' 싶은 마음도 들었고요.

우리 독자 여러분! 이 이야기는 비단 저에게만 해당되는 이야기는 아닙니다. 저와 아내, 두 아이들이 함께 가족을 위한 책을 만들자는 마음으로 집필한 책이지만, 여러분의 가정에도 조금이나마 도움이 되었으면 합니다. 가족이 저를 살린 것처럼, 여러분의 가족도 당신을 기다리고 있을 테니까요.

잊지 말아 주세요. 가화만사성입니다. 가화만사성~~

#우리가_함께_만들어온_시간
#그보다_앞으로_더_행복하게_해줄게

내 남자 김우리 씨, 항상 고마워요

전업주부로 살아가면서도 자존감을 잃지 않게 해준 남자, 김우리.

열아홉에 당신을 처음 만나 내 사람으로 받아들였을 때, 내 눈에는 당신이 누구보다도 강하고 단단한 남자로 보였어. 그런데도 주위에선 날 계속 걱정하더라. 아마 그땐 그 누구도 우리가 지금까지 이렇게 잘 살아낼 줄 몰랐을 거야.

스물둘, 나는 입대하는 당신 앞에서 정말 많이 울었지. 그 모습을 보던 당신 마음은 얼마나 아팠을까… 지금 생각하면 아직까지도 참 마음에 걸려.

훈련소에서 내 목소리라도 듣고 싶다며 당신이 몰래 걸었던 전화, 집으로 보낸 옷가지 위에 있던 찢어진 종이 한 장, 그리고 그 종이에 꾹꾹 눌러 쓴 '혜란아, 사랑해'라는 글자. 또 하루가 멀다 하고 보내 준 편지들까지… 그 모든 것들이 내겐 당신을 더 믿고 기다릴 수 있는 힘이 되어 주었어.

제대 후엔 당신의 어깨가 얼마나 무거웠을까, 힘들다는 말 한 번 안 하고. 그런 당신을 보다 못해 "나도 일해야겠다." 하면 당신은 "하루 종일 나가서 놀러 다니는 건 괜찮은데, 나 때문에 당신까지 일하는 건 절대 안 돼." 하며 반대했었지. 당시엔 그 말을 이해할 수 없었어. 우리, 그것 때문에 많이 싸웠잖아.

그래서인지 우리 가족은 내가 늘 당당하게 자리를 지킬 수 있도록 '집안일 하면서 아이들까지 키우는 건 정말 힘든 일이야'라고 말해 주곤 했어. 내가 스스로 작아지지 않고 전업주부로서 당당하게 살 수 있었던 건 모두 당신 덕이야. 그런 당신에게 늘 감사하며 사는 거 알지?

사랑하는 김우리 씨, 내 남편이어서, 또 내 남자가 되어 주어서 감사합니다.

예린아! 예은아! 모두 너희 덕분이야

우리 어머니 아버지는 나와 동생을 키우시며 매번 이런 말씀을 하셨어.

"한 살 두 살 나이 채워 먹는다고 어른 되는 거 아니야. 내 배 아파 낳은 자식 하나 없는 그 순간부터 마라톤 같은 험난한 세상살이 겨우 첫발을 뗀 거지. 어른 초보라는 거야.

너희들이 하나만큼 아프면 엄마 아빠 둘만큼 더 아파서 눈물이 나고, 너희들이 둘만큼 아프면 엄마 아빠 넷만큼 더 아파서 피눈물이 나. 너희들이 힘들다고 하면 우리 양팔 다리 꺾어 달아 줄거고, 우리 심장까지 떼어 너희 가슴에 박아 넣어 준대도 하나도 안 아까워. 그런 존재가 자식이고, 모든 걸 다 떼어 줘도 '우리가 뭔가를 잘못하고 살아서 아이가 아픈 건 아닐까' 하는 마음에 자책하며 숨죽여 눈물 흘리는 게 부모인 거야. 부모는 그런 거야.

혹여 너희들이 피치 못할 사정으로 엄마 아빠 등지고 갈라 도려내도 우린 안 그래. 부모한테 자식은 피치 못할 사정도, 이유도 없는 분신인 거야. 엄마 아빠 숨 멎는 날까지 너희들 움켜쥐고 떠나. 그런 거야, 부모한테 자식이란 것은."

이렇게 우리 부부는 세상 물정 아무것도 모르는, 어쩌면 부모의 보살핌이 더 필요했을 스물셋 꽃다운 나이에 큰딸 예린이를 낳아 오롯이 둘이서 소신 있게 잘 키워 왔지.

둘째 예은이 또한 예린이를 키우며 경험하지 못한 또 다른 낯선 길로 외나무다리를 타듯 키워 냈고. 너희 둘은 엄마 아빠와 같이 성장하고 있는 거야.

열아홉, 이제 막 피어난 어린 부부가 46년을 모진 비바람과 차디찬 눈보라에도 시들지 않고 꺾이지 않았던 건, 아니 꺾일 수 없었던 건… 우리 부부 숨 멎는 그 날까지 움켜쥐고 떠나는 자식! 다 예린이 예은이 덕분이야.

이젠 엄마 혼자 울지 않을게

언제부턴가 엄마는 혼자 우는 일이 늘어났던 것 같아. 그럼에도 너희들 앞에서는 눈물을 감추려고 노력했지. 우는 모습을 보이는 건 나약한 일이라고 생각했던 거야.

너희들이 자라면서 겪었던 아픔만큼 엄마의 머릿속도 많이 복잡했었다는 걸 알고 있니? 그럴 때마다 엄마는 거울을 보며 웃음을 끌어내 보고, 웃음이 나오지 않을 땐 입꼬리라도 올려 주었어. 누가 보면 정신 나갔다고 했을 테지만, 그때는 우울한 기분을 긍정적으로 바꿔 보려 애썼던 것 같아.

그런데 지금에 와서는 '난 왜 혼자 강해지려 했던 걸까' 싶어. 너희와 함께 슬퍼하고 눈물 흘릴 수 있었을 텐데, 그러면 너희들이 더 약해질 것만 같았나 봐.

예린이 예은이가 슬픔을 느낄 때 기댈 수 있는 든든한 버팀목이 되어주고 싶어서 혼자 강해지려 했지. 물론 후회는 없지만, 때론 그 시절에 너희에게 너무 말로만 힘내라고 한 건 아닌가 싶기도 해. 너희들은 오히려 따스하게 안아 주기를 바라지 않았을까.

너희 둘에게 발레를 시킨 후 가장 안타까웠던 순간은, 어릴 때부터 끼도 많고 부끄러움 없이 감정을 표현할 줄 알았던 너희가 그 모든 걸 잃어 갈 때였어. 가끔은 발레를 선택한 예린이, 예은이를 말렸다면 어땠을지 생각도 해봤고.

남의 눈을 가장 많이 의식할 10대에 단체생활을 했던 게 독이었을까, 자신만의 색을 잃어 가는 너희를 바라보는 게 가장 마음 아팠어. 하지만 안타까운 마음에도 "이 세상엔 발레 말고도 할 일은 얼마든지 많아."라고 얘기해 주는 것밖에는 아무것도 할 수 없었지.

어린 나이에 수많은 선택을 하면서 얼마나 힘이 들었을까! 엄마도 아직까지 순간의 선택이 힘들 때가 많은데. 어린 너희에게 시간을 주고 기다려야 했던 엄마… 엄마도 그 순간에는 정답이 없는 선택을 해야 했단다.

그냥 예린이, 예은이가 엄마의 이런 마음을 알아줬으면 해. 엄마에게도 힘들 때가 있었고, 또 마음처럼 되지 않을 때도 있었다는 걸. 엄마는 이제 깨달았어. 사랑하는 사람에게는 좋아하는 행동을 더 해주는 것보다 싫어하는 행동을 덜 해주는 게 오히려 낫다는 걸. 문득 너희가 엄마 혼자 우는 걸 싫어하진 않았을까 하고 생각했거든.

엄마는 오늘도 노력 중이야. 이제는 혼자서 울지 않을게. 이제 두 딸이 다 컸으니 너희에게 기대도 되지 않겠니?

엄마 아빠! 예린이예요

하루는 그런 적이 있었어요. 카페에서 이야기를 나누고 식사하는 3세대를 본 날. 그때 그들을 보며 이런 생각이 들었어요.
'나도 언젠가 먼 훗날, 저 자리에 앉아서 가족들과 시간을 보내고 싶다.'
가족들이 모두 화목하게 지내며 도란도란 시간을 보내는 것이 마냥 쉽지 않은 일이라는 것을 알게 된 후로 더더욱 그런 생각이 들더라고요.
전 학교에 다니느라 가족과의 교류가 가장 적었고, 졸업하고 나서는 부딪히는 일이 더 잦아지기도 했죠. 그때를 생각하며 '내가 밖에서의 생활을 우선시하느라 가족관계에서의 크고 작은 것들을 많이 놓쳐온 건 아닐까' 하고 반성하게 됐어요. 저도 이 가족의 일원으로서, 우리의 이야기에 아주 큰 역할을 맡고 있는 거니까요.

어렸을 땐 당연해 보였던 모든 것들이 나이를 먹으면서 전혀 당연한 게 아니었다는 걸 알게 되고, 제 어깨 위에 책임감이라는 무게가 점점 더해지면서 비로소 엄마 아빠를 이해할 수 있게 된 것 같아요. 지금 제 나이에 가정을 꾸려 무거운 책임을 등에 지고 얼마나 힘드셨을지, 또 그 시련을 이겨내고 누군가에게 지난 이야기를 들려줄 수 있는 오늘이 오기까지 얼마나 큰 자신과의 싸움을 이겨내신 건지 이제야 실감이 나요. 그래서 요즘엔 더더욱 부모님의 감사함과 존경심에 고개를 숙이게 돼요.

엄마 아빠, 제 부모님으로 살아 주셔서 감사해요. 사랑합니다.

예은이의 마음입니다

세상이 내게 준 가장 큰 선물. 그렇기에 더 행복하고 기쁜 존재, 엄마. 내가 힘들 때도 행복할 때에도 언제든지 곁에 함께 서 있어 주셨죠. 늘 저를 응원하고 때론 따끔하게 혼도 내시면서요. 엄마의 웃음과 격려로 나라는 존재를 깨달을 수 있었어요. 그래서 내게 엄마는 말로 다 못할 만큼 소중한 사람이에요.

그리고 내게는 항상 든든한, 이 세상에서 가장 멋진 아빠. 바쁜 일정 속에서도 우리랑 함께 하는 시간을 잊지 않으려고 노력하시는 모습에 저는 항상 감사해요. 하나부터 열까지 혼자 묵묵히 견뎌내시는 아빠였기에 우리 가족이 이루어질 수 있었던 거라고 생각해요. 힘들 때 서로를 보며 힘을 얻고, 행복할 때 옆을 지키면서요.

그래서 제게 두 분은 따로 얘기할 수 없는 존재와 같아요. 내가 이 세상에 서 있을 수 있게 모든 힘과 능력을 투자해 주셨고, 내가 어떤 길을 걷더라도 무조건적인 응원을 보내 주실 거라고 믿어 의심치 않는 분들이니까요. 이름만 들어도 눈물이 날 것 같은 엄마 아빠, 저는 다시 태어나도 꼭 부모님 곁에서 태어나고 싶어요. 그렇게 다시 태어나더라도 지금의 우리 가족 한 명 한 명 모두 못 잊을 거예요.

모두들 제 가족이어서 고맙고 사랑해요.

내 가족이어서 고맙습니다

내가 예전에 이렇게 말한 적이 있었지.

"나는 다시 태어나도 우리 가족의 아빠이고 싶어. 그리고 다른 가족들도 다 그대로였으면 좋겠어. 굳이 다른 게 있다면 아들 한 명만 추가됐으면 하는 거? 딸들밖에 못 키워 봤으니까. 새로운 패러다임!"

내 말을 들은 예린이 너는 "나는 다음 생에 원빈으로 태어나고 싶은데…"라고 했고, 거기에 혜란 씨가 "그럼 원빈이 우리 아들인 거네, 하하."라고 맞장구를 쳤지. 맞네, 우리 가족은 그대로니까 네가 원빈으로 태어나면 우리 아들이 되는 거야. 그렇게 태어나도 재밌겠다. 혜란 씨도 가끔 잘생긴 아들이 있는 집이 부럽다고 했으니까.

그러니까 우리, 다음 세상에서도 또 만나자!

이 세상만 같이 하기엔 시간이 너무 짧고 모자라. 봐, 벌써 이만큼을 왔잖아. 아직도 난 그대들에게 해줄 것이 너무 많이 남았는데 말이지. 그래서 계속 웃음이 나는데, 또 눈물이 나. 너무 좋아서 그런가 봐. 조금 덜 자고 조금 더 일찍 일어나서 더 빨리, 더 많이 다 해 줄게. 나의 이유는 그대들이니까.

평생 내 짝꿍 이혜란 씨, 그리고 우리 첫째 예린이, 둘째 예은이! 함께하는 시간 동안 온 마음을 다해 사랑할게. 고마워, 감사해.

#말로는_다_못할_마음 #사랑합니다

우리네 가족, 우리네 인생에게 바치는
유쾌하고 발칙한 가화만사성

날것의 책이었으면 했습니다.

전문 작가도 아닌 터라 욕심을 내기보단 서툴고 어설퍼도 진실성, 진정성이 묻어났으면 좋겠다고.

그런 마음으로 책을 써 내려갔는데, 보시는 분들은 어떠셨을지 모르겠네요.

우리 중전마마 이혜란 여사께서는 이렇게 말씀하시더군요.

"처음엔 책을 쓴다는 게 쑥스럽고 겁도 났지. 그런데 점점 우리의 지난날을 돌아보면서 가족에 대해 생각하게 되더라. 재미난 것을 골라서 보여 줘야 하는 방송이 아닌, 진짜 우리의 얘길 할 수 있어서 좋았던 거야."

또, 예은이는 저 없을 때 아내에게 이런 말을 했다더군요.

"아빠가 마냥 가볍고 무게 없는 사람처럼 보이는 게 조금 속상해요. 아빠도 아빠만의 성장통을 겪었고, 그걸 극복해냈기 때문에 한 명의 어른이 된 건데… 남들 눈에는 한없이 가벼운 사람일지라도 우리 가족에겐 든든한 버팀목이라는 걸 이 책이 보여줄 수 있었으면 좋겠어요."

두 사람의 얘기를 들으니 아휴, 괜히 제 막 가슴이 찡하고 그럽디다.

20여 년을 스타일리스트로 활동하면서 '남을 위한 옷'만 입혀주고 살아왔으니, 이제는 '가족을 위한 옷'을 입혀 줘도 되겠지?

어쩌다 보니 여기까지 살아온 것처럼, 어쩌다 보니 이 책도 마무리할 시간이 되었습니다.

이 책에 담긴 건 우리 가족의 이야기지만 비단 우리 가족만의 책이 되진 않았으면 좋겠어요. 다른 가족이 모두 공감하며 잠시라도 웃을 수 있는 책, 그리고 나아가 가족이 함께 걸어갈 방향을 고민할 수 있는 책이길 바라는 마음으로.

마지막으로 독자님들과 꼭 한 가지 약속했으면 하는 게 있습니다. 책장을 덮은 다음 가족에게 달려가서, 아님 전화라도 걸어서 이렇게 말하는 거죠.

"고생했어, 우리 오늘 하루도 잘 살았다!"

2018년

김우리 올림

우리 가족과

함께

Free Note

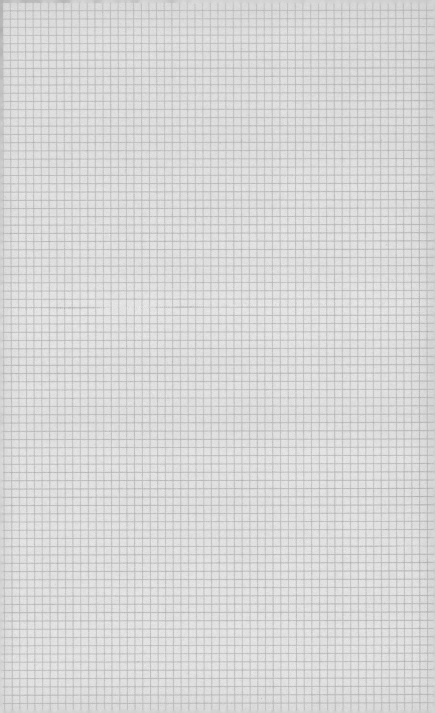

우 리 가 족 과 함 께

Free Note

Free Note

우리 가족과 함께

Free Note

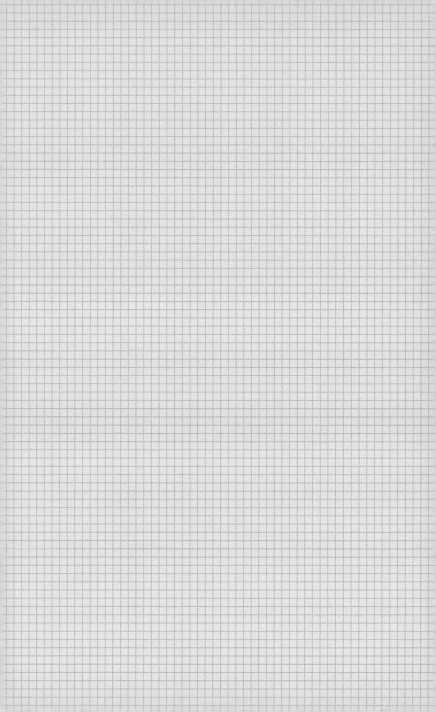

우 리 가 족 과 함 께

Free Note

우리 가족과 함께

Free Note

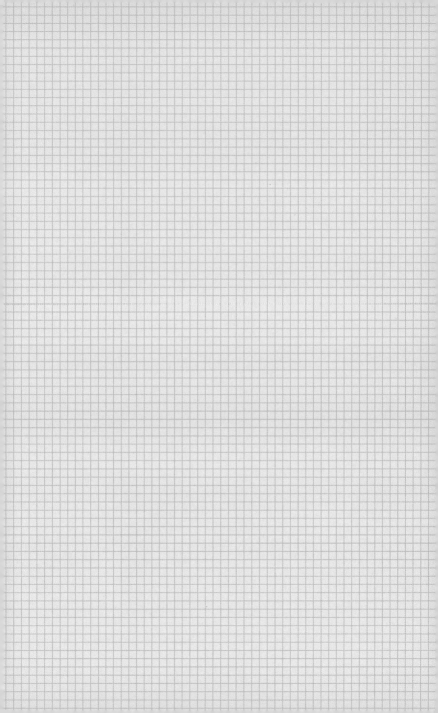

우 리 가 족 과 함 께

Free Note

유쾌하고 발칙한 가화만사성
우리 가족

초판 1쇄 인쇄 2018년 11월 25일
초판 1쇄 발행 2018년 11월 30일

지은이 김우리 · 이혜란
펴낸이 안종남

펴낸 곳 지식인하우스
출판등록 2011년 3월 31일 제 2011-000058호
주소 03925 서울시 마포구 양화로7길 55(서교동) 신양빌딩 201호
전화 02)6082-1070
팩스 02)6082-1035
전자우편 jsinbook@naver.com
블로그 blog.naver.com/jsinbook

ISBN 979-11-85959-69-6 03810